PETIT-JULES

LE SAUTEUR.

Versailles imp. de VITRY.

PETIT-JULES

LE SAUTEUR,

OU

HISTOIRE D'UN ENFANT

ENLEVÉ PAR DES BALADINS,

Par Mme Julie Delafaye Bréhier.

TOME PREMIER.

PARIS,

A. EYMERY, FRUGER ET CIE, LIBRAIRES,

RUE MAZARINE, N.º 30.

1828.

PRÉFACE.

Mettre sous les yeux de la Jeunesse des preuves continuelles de la bonté de la Providence envers ses créatures; lui faire sentir les avantages d'être élevé par des parens tendres; lui enseigner à ne pas mépriser les classes inférieures de la Société, par cela seul qu'elles se trouvent aux derniers rangs; c'est, selon moi, l'exhorter à la piété, par la reconnaissance, à l'amour filial, par son propre intérêt, aux devoirs d'un bon citoyen, qui répand sa bienveillance sur tous les états utiles à sa patrie. Tel est le but que je me suis proposé, et que je me suis efforcée de remplir dans ce nouvel ouvrage. On y verra combien un pauvre enfant est à plaindre lorsqu'il tombe entre des mains perverses. Je conviens que les aventures de Petit-Jules se rencontrent rarement dans le monde, malgré que tout y soit très-vraisemblable; mais il n'est que trop d'enfans qui, sans les avoir éprouvées, se trouvent abandonnés à tous les vices, par le mauvais exemple ou la négli-

gence de ceux qui dirigent leur
éducation; ces jeunes infortunés
méritent d'être jugés avec plus d'indulgence que les autres, et, lorsque leur bon naturel triomphe,
comme celui de Jules, d'un danger si pressant, chacun doit leur
tendre une main secourable, et devenir pour eux autant de *Benjamin
Evroul.* J'ose penser que cette petite
histoire intéressera la Jeunesse, et
lui offrira en même temps des leçons assez importantes pour que les
Pères et Mères de famille en approu-
vent la lecture. Je m'en flatte d'autant plus que, dans tout ce que je

donne au public, je m'attache principalement à ne jamais séparer
l'instruction du plaisir, et surtout
l'instruction morale. J'ai beau va-
rier la forme de mes leçons, le
fond en reste toujours le même,
parce qu'il me semble toujours à
propos de rappeler à la Jeunesse les
vertus qu'elle doit cultiver, et de
l'y encourager sans cesse par de
nouveaux exemples.

PETIT-JULES

LE SAUTEUR.

~~~~~~

CHAPITRE PREMIER.

Des malheurs qui arrivèrent à un paysan de la
Bourgogne, et comment il fit connaissance
avec le héros de cette histoire.

––––––––––

Aux environs de l'ancienne ville de Sens,
dans un canton arrosé par un ruisseau qui
l'embellit et le fertilise, se trouve une
bourgade, avec son église, pittoresque-
ment placée sur une colline; et, au pied
de cette colline, une chaumière assez

1*

écartée de la bourgade, dont elle fait cependant partie. Les habitans de cette chaumière, l'une des moindres de la paroisse,
ne furent point destinés par la Providence
à jouer un rôle éclatant : nés dans la classe
utile, mais obscure des villageois, ils
eurent les vertus de leur état, et bor-
nèrent leur récompense à l'estime du
petit nombre de gens de bien qui les
connaissaient.

Joseph Aubert, et sa femme Isabeau
(ainsi se nommaient les propriétaires de
la cabane), après s'être aimés dans leur
jeunesse, pendant plusieurs années, et
avoir triomphé, par leur constance, des
obstacles qui s'opposèrent à leur félicité,
se lièrent enfin d'une heureuse union, à
laquelle le temps n'avait apporté aucun

changement. Plusieurs beaux enfans vin-
rent augmenter leur bonheur, et le Ciel,
qui couronnait leurs travaux des plus
heureux succès, semblait autoriser leur
espérance de voir s'augmenter un jour
le modeste héritage de leur famille.

De si beaux commencemens s'évanoui-
rent tout-à-coup, pour faire place à de
cruels revers, comme si la fortune eût
voulu prouver qu'elle n'est pas moins in-
constante dans les chaumières que dans
les palais somptueux, et qu'il n'est point
de condition à l'abri de ses caprices. De
mauvaises années, qui se succédèrent, ré-
duisirent à l'indigence Joseph et Isabeau ;
ils perdirent leurs bestiaux, et furent
obligés d'emprunter de l'argent pour en
acheter d'autres, afin de labourer leur

terre ; les honnêtes gens sont toujours
pauvres lorsqu'ils ont des dettes : les deux
époux supportèrent néanmoins avec courage le malheur de leur situation, et re-
doublèrent d'activité et d'industrie pour
soutenir leur famille, dont l'aîné avait à
peine douze ans, et le plus jeune trois ans.
La seule vue de ces enfans chéris délassait
leurs parens des pénibles travaux de la
journée ; ils oubliaient toutes leurs fatigues
en les voyant accourir entre leurs bras,
leur sourire et les caresser avec une joie
naïve.

Hélas ! le ciel, dont nous ignorons les
desseins secrets, paraît quelquefois s'armer, envers ses créatures, d'une rigueur
inflexible, et se complaire à épuiser ses
coups les plus cruels sur des cœurs inno-

cens, au moins aux yeux des hommes.
Il ne se contenta pas d'avoir ruiné, par
les fléaux de la nature, les travaux de ces
paisibles époux, il commanda à la mort
de s'arrêter sur leur chaumière avec sa
faux destructive, de frapper tour-à-tour
ces aimables enfans, qui faisaient toute
leur consolation, et de ne se retirer
qu'après avoir moissonné jusqu'à celui
qui ne faisait pour ainsi dire que de
naître.

Qu'on se représente, s'il est possible,
le désespoir de la malheureuse mère, en
voyant s'éteindre cette famille qu'elle ché-
rissait si tendrement! pour moi, je n'en-
treprendrai point de l'exprimer; la peinture que j'en ferais ne pouvant que demeurer fort au-dessous de la réalité.

Isabeau, plus semblable à une ombre qu'à une personne vivante, se traînait d'un lit à l'autre, occupée nuit et jour à secourir ces tendres victimes d'un trépas prématuré. Joseph, non moins affligé qu'elle, joignait à la douleur de voir périr ses enfans, la crainte de perdre aussi leur mère, que rien ne paraissait capable de consoler. Un deuil affreux régna désormais dans la modeste habitation où, à la place des ris et des jeux enfantins qui l'animaient auparavant, on n'entendait plus que des gémissemens et des plaintes.

Six mois s'écoulèrent sans apporter aucun adoucissement aux regrets d'Isabeau. Elle ne pouvait plus souffrir la vue des autres enfans, ni celle des mères, qui, plus fortunées qu'elle, les portaient encore entre leurs bras. Sans force, sans courage, dégoûtée du travail, elle passait sa vie renfermée dans sa chaumière, priant Dieu en secret de la réunir bientôt à ceux qu'elle avait perdus. Joseph, désespéré d'une affliction si profonde, lui reprochait tendrement de ne plus l'aimer, mais il ne la contrariait pas, et tâchait de suffire seul aux travaux dont ils avaient coutume de partager ensemble les fatigues.

Un matin qu'il s'en allait dans ses champs, triste, pensif, ses outils sur son épaule, il rencontra dans le sentier qui conduisait à sa maison, un panier soigneusement couvert. Un mouvement de curiosité assez naturel le porta à regarder ce qu'il contenait. Il vit un petit enfant d'environ dix-huit mois, proprement habillé, qui

paraissait dormir d'un profond sommeil.
Les plus charmantes couleurs brillaient
sur ses joues rondes et sur ses lèvres à
demi-fermées, et les boucles de ses cheveux blonds accompagnaient avec une
grâce infinie les contours de son joli visage. Joseph, fort étonné, jeta les yeux
de tous côtés pour voir s'il ne découvri-
rait personne qui pût lui donner quelque
lumière sur cette aventure ; il ne vit rien,
que des traces assez fraîches d'un pas de
cheval, qu'il ne put même suivre qu'à
une très-petite distance, où elles se per-
daient dans une prairie voisine. Persuadé
qu'on venait d'abandonner à dessein ce
malheureux enfant, Joseph revint auprès
de lui, animé d'une tendre compassion. La
fraîcheur du matin l'avait réveillé, et d'a-

bord il eut peur de la présence d'un inconnu; mais le bon villageois, qui avait
tant de fois caressé et diverti ses propres
enfans, n'eut point de peine à gagner la
confiance du petit étranger. Il le prit sur
un bras, mit la corbeille sous l'autre et
retourna vers sa maison. Il ne savait trop
néanmoins comment sa femme l'accueille-
rait, mais lui connaissant un trop bon cœur
pour souffrir que cette innocente créature
demeurât exposée à la brutalité des animaux, il se hasarda à le lui présenter. Joseph remit le petit enfant dans sa corbeille,
le couvrit de son rideau et parla ainsi à
son épouse:

— Dieu qui nous a enlevé nos chers enfans, pour en faire des anges dans son
saint Paradis, ainsi que nous l'assure M. le

Curé, m'a fait rencontrer celui-ci au milieu de mon chemin. Certainement quelque méchant a voulu le perdre, que veux-
tu, Isabeau, que nous en fassions ?

En disant cela, il tirait l'enfant de son
panier et le lui présentait ; mais Isabeau,
sans vouloir le regarder, se mit à fondre
en larmes et à le repousser de la main.

— Non, non, s'écria-t-elle, qu'il re-
tourne à son heureuse mère ! pour moi,
j'ai perdu ceux qui faisaient ma joie et
mon bonheur, je n'accorderai à celui-ci, ni
mes attentions ni mes caresses.

JOSEPH.

N'entends-tu pas ce que je viens de te
dire, que j'ai trouvé ce pauvre petit tout
seul, exposé dans le chemin, soit qu'on

l'ait dérobé à ses parens, soit qu'eux-
mêmes l'abandonnent, comment pourrait-
il retourner entre les bras de sa mère? j'a-
vais espéré que ton cœur se sentirait touché
du triste sort de cet orphelin, et que tu
consentirais à le recevoir ici, jusqu'à ce
que nous l'ayons fait placer quelque part;
mais puisque tu ne veux pas seulement le
regarder, je vais le reporter à l'endroit où
je l'ai pris.

ISABEAU, en jetant les yeux sur l'enfant.

Quoi! dans le chemin?

JOSEPH.

Il le faut bien.

ISABEAU.

La douleur ne me rendra pas si bar-

barc ! quand j'en devrais mourir de chagrin, je ne le laisserai point périr.

Elle prit l'enfant sur ses genoux, lui ré-
chauffa les pieds et les mains, lui donna à
déjeûner et dit à son mari qu'il pouvait
retourner tranquillement à ses affaires.
L'enfant commençait déjà à balbutier, il
était charmant : Isabeau, qui ne pouvait
d'abord le regarder ni l'entendre sans pleurer, sentit bientôt qu'il apportait à sa douleur une distraction agréable. La journée
lui parut moins longue et moins triste
qu'à l'ordinaire, et lorsque Joseph revint le soir, la plus parfaite intimité
régnait déjà entre la mère affligée et son
petit consolateur. Il fut même assez surpris, quand il demanda à Isabeau quel
parti il leur convenait de prendre à l'égard

de cet enfant, d'entendre celle-ci lui ré-
pondre que son avis était de le garder. Il
l'aurait desiré aussi bien qu'elle, surtout
en voyant les bons effets que cette petite
société produisait sur le cœur d'Isabeau;
mais le mauvais état de ses affaires lui faisait craindre de se charger imprudemment
d'un surcroît de dépense.

— Nous avons des dettes, disait-il, et
nos créanciers murmureraient peut-être
de nous voir partager avec cet étranger,
le fruit d'un travail qui leur appartient.

Isabeau repartit qu'un enfant aussi jeune
serait une charge bien légère; mais Joseph lui fit observer qu'il grandirait, et
qu'il se passerait encore beaucoup de
temps avant qu'il devînt capable de leur
rendre quelque service. Ces réflexions,

2*

inspirées par la probité, fermaient la bouche à la pauvre paysanne. Cependant elle
aimait déjà assez l'orphelin pour ne pouvoir supporter la pensée qu'on l'ôterait de
ses mains, pour le mettre dans un hos-
pice. Joseph, qui ne souhaitait rien tant
que de la voir heureuse et tranquille, lui
dit qu'il fallait consulter là-dessus quelqu'un de sage et d'expérimenté, tel, par
exemple, que le Curé de leur paroisse, en
qui ils avaient une confiance parfaite, que
sa vertu justifiait. Le Curé approuva, et
le désir d'Isabeau et les scrupules de
son mari, parce que les uns et les autres marquaient également leur bon cœur
et leur honnêteté, car ce n'était point la
crainte d'augmenter sa misère et son travail, qui rendait Joseph indécis, mais

seulement l'intérêt de ses créanciers. Quoique le Curé fût au nombre de ceux-ci , et
qu'il eût avancé une assez grosse somme
d'argent, pour remplacer une perte de bé-
tail, cela ne l'empêcha pas de dire à Joseph que Dieu lui ayant adressé cette faible créature, il l'engageait à s'en charger,
persuadé qu'elle ne pouvait tomber dans
une maison plus honnête que la sienne.
Il ajouta qu'il fallait néanmoins donner à
cette aventure toute la publicité qu'on
pourrait, afin que la famille de cet enfant
pût le réclamer; mais que si ces démar-
ches demeuraient infructueuses, rien ne
devait les empêcher de lui accorder chari-
tablement leurs secours.

Le Curé accompagna Joseph dans sa
maison, pour examiner l'enfant de ses

propres yeux , et prendre une note exacte
des objets qui pouvaient servir à le faire
reconnaître. L'enfant avait sur la jambe
gauche une feuille de myrte, récemment
empreinte , et on trouva dans le fond de
sa corbeille, vingt-cinq louis enveloppés
dans un morceau de papier blanc, que les
deux paysans n'avaient point remarqué.

— Mes amis, leur dit l'ecclésiastique ,
vous voyez que Dieu vous récompense
déjà de votre humanité envers cet orphelin , puisqu'il est présumable que ceux qui
ont déposé là cette somme, la destinaient à
son bienfaiteur, quel qu'il fût. Voilà de
quoi payer une grande partie de vos
dettes ; cependant, abstenez-vous d'y tou-
cher jusqu'à ce que nous sachions si le petit enfant vous restera, car si sa famille le

réclamait, il serait juste alors de vous contenter de la récompense qu'elle jugerait à propos de vous accorder.

Pendant quatre dimanches, il publia au prône de sa paroisse une partie des détails qu'on vient de lire, mais personne ne se présenta, au grand contentement de Joseph et d'Isabeau, qui commencèrent à regarder cet enfant comme leur fils. Ils le nommèrent Petit-Jules, du nom du plus jeune qu'ils avaient perdu, et avec lequel Isabeau lui trouvait de la ressemblance : douce illusion qui, en l'abusant, lui rendait une partie de son bonheur passé. Ses voisines, témoins de sa tendresse pour cet orphelin, s'étonnaient qu'elle eût pu changer si promptement, elle qui, depuis la perte de sa famille, n'avait voulu caresser aucun enfant. Isabeau leur répondait que la situation de Petit-Jules avait seule triomphé de sa répugnance, que son premier mouvement avait été de le repousser comme les autres.

— S'il avait eu une mère, continuait-elle, jamais je ne l'aurais reçu dans mes bras; c'est son abandon qui m'a intéressée. Nous étions tous deux malheureux, lui d'être privé de ses parens, moi de n'avoir plus d'enfans : j'ai pensé que c'était Dieu qui nous envoyait l'un vers l'autre pour notre mutuelle consolation.

wwwwwwwwwwwwwwwwwwwwwwwwwwwwww

CHAPITRE II.

Aventure aussi malheureuse que surprenante
qui arriva à Petit-Jules.

————

On a remarqué assez souvent que les enfans dont la naissance est particularisée
par quelqu'infortune sont plus favorisés
de la nature que les autres , comme si elle
se plaisait à les dédommager, par ses dons
les plus précieux , des désavantages qu'ils
rencontrent dans la société. On ne saurait
être ni plus intéressant ni plus aimable
que Petit-Jules à l'âge de quatre ans ; non-
seulement sa personne était toute gra-
cieuse , mais sa raison et son intelligence

surpassaient de beaucoup celles des autres
enfans de son âge. Sa vivacité ne nuisait
ni à sa douceur, ni à sa soumission; il
n'importunait personne par ses cris ou ses
caprices, et savait déjà témoigner son
amitié à ses parens adoptifs, par mille petites attentions à la portée de son âge;
tout le monde l'aimait dans le pays, et le
Curé plus que tous les autres. Charmé de
la mémoire de cet enfant, de la curiosité
qu'il témoignait de s'instruire, il se pro-
mettait de ne point négliger de si heu-
reuses dispositions, et commençait à lui
enseigner, en se jouant, les premières
lettres de l'alphabet. Les deux époux ne
se lassaient point de rendre grâce au ciel
de la satisfaction que cet enfant leur pro-
curait, ils l'aimaient autant que s'ils lui

eussent donné la vie, et se disaient souvent l'un à l'autre :

« Malgré les cruels malheurs qui nous
sont arrivés, nous ne serons point abandonnés dans notre vieillesse, Petit-Jules
nous tiendra lieu des enfans que nous avons
perdus ; il fera la consolation de nos derniers jours, et nous fermera les yeux. »

Hélas ! une espérance si légitime se trouvait encore à la veille de s'évanouir, et
toutes leurs infortunes n'étaient pas finies.
Joseph ayant pris un lièvre au lacet, voulut en faire présent au Curé ; car tout ce
que ces braves gens pouvaient avoir
d'utile était destiné à l'honnête pasteur,
qu'ils révéraient à cause de sa vertu et de
sa bonté, et un peu aussi à cause de l'affection qu'il témoignait à Petit-Jules.

Isabeau fit observer à son mari que la servante du Curé étant malade, il ne saurait
comment accommoder ce lièvre, mais
qu'elle allait le lui porter elle-même, et
qu'elle le lui ferait manger à son dîner.

Petit-Jules se mit à sauter de joie à ces
paroles, espérant bien être de la partie.
Cependant Isabeau n'y voulut point con-
sentir, de peur que sa vivacité ne gênât la
servante malade. Il eut beau promettre
de ne point faire de bruit, on savait trop
bien qu'il s'engageait au-delà de ses forces;
mais, pour adoucir son refus, Isabeau lui
fit mille tendres caresses, et lui dit qu'il
viendrait le soir au devant d'elle, avec
son papa. Malgré la contradiction qu'il en
ressentait, l'aimable enfant, sans pleurer ni bouder, se soumit de bonne grâce

à la volonté de sa mère, et tâcha de passer
cette journée tant bien que mal, car l'absence d'Isabeau, qui ne le quittait presque
jamais, lui rendait la maison bien triste;
il attendait surtout impatiemment l'heure
de partir pour aller à sa rencontre, et
demandait de quart-d'heure en quart-
d'heure à Joseph, qui travaillait dans
son jardin, s'il n'était pas bientôt temps
de se mettre en route. Joseph souriait,
lui donnait sur la joue un petit coup en
signe d'amitié, et l'engageait à se bien divertir. Fatigué et ne pouvant triompher
de son ennui, Petit-Jules finit par s'en-
dormir sur sa petise chaise; il s'éveilla
qu'il n'était encore que trois heures;
mais lui, s'imaginant être à la fin de la
journée, courut vite au jardin trouver son

père. Celui-ci venait malheureusement de
le quitter pour aller visiter du chanvre
qu'il avait mis rouir dans une mare d'eau,
à quelque distance de la maison. Petit-
Jules, persuadé qu'il était allé sans lui
au devant d'Isabeau, ne balança point à
marcher sur ses traces de toute la vîtesse
de ses petites jambes : le pauvre enfant ne
soupçonnait guère combien cette imprudence allait lui devenir funeste, ni dans
quel péril il se précipitait sans le savoir !
Il suivit assez bien, pendant quelques
momens, le vrai chemin de la paroisse,
mais ensuite il en prit un autre qui conduisait sur la route de Sens, fort opposé
à celui qu'il cherchait; l'orphelin marchait néanmoins avec confiance, appelant
de temps en temps son père, qu'il s'éton-

nait de n'avoir pas encore rencontré. Un grand homme, qui portait un hâvre-sac plein de poules et de canards volés dans la campagne, voyant ce joli petit enfant, seul au milieu des bois, lui demanda où il allait? Petit-Jules lui répondit, sans s'arrêter, qu'il courait après son père.

— Eh là, là, mon petit bonhomme, reprit l'inconnu, ne courez pas si vite, je sais où est votre papa; si vous voulez monter sur mes épaules, nous l'aurons bientôt rejoint, car j'ai les jambes plus longues que les vôtres.

PETIT-JULES.

Mon papa est allé à la rencontre de maman Isabeau, peut-être jusqu'au presbytère; est-ce là que vous voulez me conduire?

3*

L'ÉTRANGER.

Assurément ; venez, venez que je vous
porte, il y a encore du chemin à faire.

PETIT-JULES.

Grand merci de votre complaisance ;
papa et maman seront bien surpris de me
voir si grand, et moi je les découvrirai
de plus loin.

C'est ainsi que l'innocent orphelin se
laissa enlever sans résistance ; il était au
contraire tout joyeux de se trouver si à
son aise, et disait mille folies que lui inspirait l'espérance d'embrasser bientôt sa
bonne mère, dont il s'éloignait sans le
prévoir. Son ravisseur, qui était le chef
d'une troupe de danseurs de corde, s'a-
cheminait à grands pas vers ses camarades,

qu'il avait laissés sur le bord de la route, auprès de leur chariot dételé.

— Eh! arrivez-donc, Brigace, lui crie une femme, qui était la sienne, voulez-vous que nous passions cette nuit à la belle étoile? Qu'est-ce que ce petit marmot que vous portez-là sur vos épaules?

— Regardez, je vous prie, répondit Brigace, en mettant l'orphelin à terre au milieu de la compagnie, regardez si je n'ai pas fait là une heureuse rencontre? cette petite figure est celle d'un ange, et lorsque cela sera dressé et habillé, les curieux nous arriveront en foule.

Toute la troupe complimenta Brigace et approuva ce qu'il avait fait. Ils essayèrent ensuite de faire babiller le nouveau venu, pour s'assurer de son intelligence; mais

Petit-Jules, intimidé, avait perdu toute
sa présence d'esprit; il s'attachait aux
jambes de Brigace, en lui demandant, les
larmes aux yeux, de le conduire à ses parens. Le méchant, qui ne se souciait plus
de le tromper, lui répondit, sans ménage-
ment, qu'il n'y avait plus pour lui ni
père ni mère, et qu'il ne s'en irait point
d'avec eux. Le pauvre petit eut bien de
la peine à comprendre cette cruelle nécessité; il essaya même de se remettre
en liberté, mais l'un des sauteurs le retint avec des menaces épouvantables; et,
comme il se mit à sangloter et à appeler
son père à son secours, Brigace eut la
barbarie de le maltraiter. Alors Fiorentina, c'était le nom de sa femme, plus
disposée que les autres à la pitié, prit,

l'orphelin sur ses genoux, et s'efforça d'apaiser sa douleur : c'était une tâche assez difficile, auprès d'un enfant élevé jusque-là avec tant de tendresse, qu'on arrachait des bras de ses bienfaiteurs, pour le livrer à des maîtres grossiers et impitoyables. La crainte l'obligea cependant d'étouffer ses sanglots ; un seul regard de Brigace le faisait frémir, et il cachait constamment dans le sein de Fiorentina son joli visage baigné de larmes.

On attela à la charrette deux vieilles mules qui paissaient aux environs ; on renferma dans un grand panier les volailles et les fruits que les maraudeurs de la troupe avaient apportés. Fiorentina et ses enfans montèrent dans la charette avec Petit-Jules, les hommes suivirent à pied et l'on partit.

CHAPITRE III.

Des débuts de Petit-Jules dans la troupe de
Brigace.

———

Il est un âge où le cœur, trop flexible
encore pour conserver une impression du-
rable, passe aisément de la douleur à la
consolation, et même à la joie. Cet âge
est précisément celui de notre petit orphelin. Il pleura ses parens adoptifs plus
long-temps peut-être qu'on ne devait naturellement l'attendre d'un enfant aussi
jeune ; mais enfin les caresses de Fiorentina, les menaces de son époux, les jeux
de ses enfans, l'aspect de mille objets nou-

veaux concoururent à tarir la source de
ses larmes, et à lui faire oublier ce qu'il
avait perdu.

Cette troupe, où il n'y avait de femme
que Fiorentina, se composait de huit personnes, en y comprenant Petit-Jules :
Brigace, sa femme et leurs trois enfans,
avec deux associés. Fiorentina était la plus
habile pour danser sur la corde, supério-
rité qui, jointe aux égards dus à son sexe,
lui donnait une certaine autorité parmi
ses camarades. Malgré qu'elle eût près de
quarante ans, elle faisait ordinairement la
partie la plus brillante de la représentation, par son extrême légèreté et la vigueur de ses tours d'équilibre. Ils allaient
de ville en ville et de province en province promener leurs talens, s'établissant

sur les places publiques ou sous les halles
des petits endroits , où chaque spectateur
payait libéralement ce qu'il voulait, suivant ses facultés et le degré de sa satisfaction. Cette *honnête* compagnie ne se contentait pas, au reste , du profit légitime
qu'elle retirait de ses représentations ; partout où elle passait, elle mettait à profit
le bien d'autrui, comme on l'a déjà vu par
la conduite de Brigace. Malheur aux volailles imprudemment écartées de leur
basse-cour , ainsi qu'aux vergers et aux vi-
gnobles hors de la portée des yeux de
leurs propriétaires ! Un régiment ennemi
n'était pas plus à craindre pour les habitans des campagnes que le passage de ces
baladins. Petits et grands , tous s'exer-
çaient au pillage suivant leurs forces et

leur capacité, et le plus fripon était réputé parmi eux le plus habile.

Voilà dans quelles mains la Providence avait permis que tombât le pauvre Petit-Jules. En attendant qu'il fût en âge de les imiter, ses ravisseurs se servirent de l'intérêt que ne manquaient point d'exciter sa jeunesse et sa jolie figure pour stimuler la libéralité des spectateurs. L'orphelin, paré d'une tunique rose toute parsemée de clinquant, les cheveux artistement frisés, allait présenter à la ronde sa petite corbeille, implorant gracieusement une offrande que personne n'avait le courage de lui refuser. Il essayait même de faire aussi quelques tours sur le tapis, manquait deux ou trois cabrioles, faisait naïvement sa petite révérence, et se retirait couvert

d'applaudissemens ; trop heureux si on ne
lui en eût jamais demandé davantage ;
mais on ne tarda point à le mettre à l'é-
tude avec les enfans de Fiorentina. Il fal-
lut s'exercer vigoureusement, se laisser
tordre les bras et les jambes, ployer le
corps de mille façons, et recevoir nombre
de coups ; car Brigace, impatient et bru-
tal, ne les épargnait point à ses élèves. Le
pauvre Jules, dans ces cruels momens,
implorait en vain sa protectrice : elle était
sans pitié comme les autres ; son intérêt
la rendait insensible aux larmes du nouvel
initié. Seulement, après la leçon, elle le
prenait quelquefois sur ses genoux, et lui
donnait des friandises pour le dédommager de ses chagrins.

Cependant Petit-Jules fit de rapides pro-

grès ; son corps devint , en peu de temps ,
aussi souple qu'un jonc ; sa taille se déve-
loppa singulièrement, et il acquit une force
extraordinaire. Les positions les plus bi-
zarres, les plus difficiles pour ses compagnons d'exercices, n'étaient déjà plus pour
lui que des jeux, et, dès l'âge de huit ans ,
il étonnait son maître lui-même. Vêtu en
paillasse , avec un habit orné de gros bou-
tons et de longues manches , dont il bat-
tait le visage à ses camarades , il amusait
le public par son extrême souplesse ; et
disait en même temps de si étranges facé-
ties, qu'on n'entendait que des éclats de
rire aussitôt qu'il ouvrait la bouche. Enfin
il était devenu le coryphée de la troupe ;
mais Petit-Jules ne se borna point là : ja-
loux de toute espèce de succès , et enten-

dant chaque jour ses maîtres se glorifier de leurs friponneries, il voulut marcher aussi sur leurs traces, et les surpassa dans cette partie comme dans l'autre.

Son début dans cette nouvelle carrière fut déterminé par une circonstance qui le rendrait excusable, si une mauvaise action pouvait l'être. Il avait alors neuf ans; il en paraissait douze, tant sa taille était avantageuse. Fiorentina se sentait indisposée depuis quelques jours, elle manquait d'appétit et ne pouvait manger que des fruits. Elle avait aperçu, au travers d'une grille, dans un jardin, des pêches dont la grosseur et le coloris la tentaient singulièrement. Elle chargea l'un de ses fils, jeune garçon de quatorze à quinze ans, d'aller s'en emparer pendant la nuit, mais il revint

bientôt annoncer qu'il n'y avait pas moyen
d'y réussir; que le jardin était exactement
fermé, et qu'en escaladant la muraille on
courait risque de la vie, parce que le jardinier auquel il appartenait passait les
nuits, armé de son fusil, au milieu même
de son enclos, qu'il l'avait vu de ses propres yeux, dans l'attitude d'un homme
prêt à tirer. Fiorentina lui donna un souf-
flet, le traita de sot et de poltron, et
s'adressa à ses associés et à son mari, pour
lui procurer les pêches. Ceux-ci ne furent
pas plus heureux que le premier, ils dé-
clarèrent avoir vu aussi le jardinier, tel
que l'avait dépeint le fils de Fiorentina,
et qu'il n'y avait aucune sûreté à s'adresser
à un homme si vigilant. Petit-Jules, qui
les écoutait, voyant combien Fiorentina

4.*

désirait ces belles pêches, forma secrète-
ment le projet de tenter aussi cette aventure, qui piquait d'autant plus son ému-
lation que les autres y avaient échoué. Il
s'échappa, sans rien dire, au commence-
ment de la nuit et courut au jardin dont
il escalada la muraille, comme un véritable sauteur qu'il était ; mais, avant de
descendre de l'autre côté, il jeta pru-
demment les yeux dans l'enceinte, et découvrit en effet un homme précisément
dans la même attitude que ses camarades
l'avaient aperçu. Petit-Jules, justement
alarmé, se laissa couler doucement au
pied du mur en dehors, mais au lieu de
s'en retourner comme les autres, il se
promena pendant une heure, dans l'espérance que le jardinier se retirerait dans sa

maison. L'heure écoulée, il remonta sur le mur, et fort surpris de retrouver le gardien dans la même place et dans la même position, il commença à soupçonner que ce n'était qu'un épouvantail. Pour s'en assurer, il lui jeta une petite pierre, se tenant prêt à disparaître au moindre mouvement. La pierre n'ayant produit aucun effet, notre hardi petit vaurien n'hésita point à sauter du haut en bas de la muraille dans le jardin, et à marcher droit au fantôme, qui n'était réellement qu'un homme de paille, revêtu des habits du jardinier, et sur la garde duquel ce dernier se reposait le plus tranquillement du monde. Il est vrai qu'il ne lui avait pas été inutile les nuits précédentes; mais l'audacieux Petit-Jules se moqua de cette précaution. D'un coup de pied il renversa par terre l'impuissante sentinelle, lui enleva son fusil qu'il jeta malicieusement dans un bassin plein d'eau, pour se venger de la peur qu'il lui avait faite, pilla les pêches et tout ce qu'il aperçut de fruits mûrs, et s'en retourna en triomphe. Les nombreux éloges que lui attira cette expédition lui donnèrent une si haute opinion de lui-même, qu'il n'aurait pas échangé sa gloire contre celle d'un général d'armée. Je laisse à penser si ce début l'encouragea. Il saisissait avec empressement les occasions de se signaler, et employait, pour nuire à son prochain, toute la hardiesse, l'activité et l'invention qu'il avait reçus de la nature, pour un bien meilleur usage. Je ne finirais pas, si j'en-

treprenais de raconter toutes les entre-
prises de ce genre qu'il mit à bout; je
n'en rapporterai qu'une seule, qui prou-
vera en même temps la sottise et le danger de s'abandonner à des frayeurs su-
perstitieuses.

La veille de leur départ d'un bourg assez
considérable, dans je ne sais quelle province, une veuve des environs vint acheter
à leur hôtesse une fort belle paire de
dindons gras qu'elle avait dans sa cour.
Le marché conclu, la veuve accepta à
souper, et se mit à table dans la cuisine,
où Petit-Jules se chauffait au coin de la
cheminée, en lorgnant les dindons. Tout
en soupant, la veuve confia à l'hôtesse
qu'elle se trouvait dans une grande peine,
que son mari lui avait promis à sa mort

de revenir la voir au bout de l'an, s'il pouvait obtenir de Dieu cette faveur, et que cette époque approchait.

— Tout le monde sait, continua-t-elle, que j'aimais beaucoup mon mari; mais pourtant je ne saurais le revoir, à présent qu'il est trépassé, sans en mourir de frayeur. Aussi suis-je bien résolue à ne point l'attendre. Je me retirerai chez ma fille, et je ferai dire tant de messes pour le repos de l'âme de mon mari, qu'il perdra, je l'espère, l'envie de revenir en ce monde.

L'hôtesse approuva fort le dessein de la veuve, qui se retira après souper, avec une servante qui portait les dindons. Petit-Jules, sans perdre de temps, mit son habit de paillasse sous son bras, et courut

attendre la bonne femme à l'entrée de sa
maison, où il eut le temps de faire sa toilette
avant son arrivée. Dès qu'il la vit mettre
la clé à la porte, il sortit d'un petit hangar
où il se tenait caché, et l'appela d'une voix
lamentable. Les pauvres femmes, au comble de l'effroi, n'eurent pas même la force
de s'enfuir, elles tombèrent toutes les
deux sur le seuil de la porte, en se cachant
le visage dans leurs mains.

— Ma femme ! ma femme ! reprit le
mauvais sujet, en renforçant sa petite
voix, que vous ai-je fait, que vous ne
daignez pas me regarder, et pourquoi
vous proposez-vous de ne point m'attendre ? Car je sais que vous avez formé le
projet de vous retirer d'ici au bout de l'an,
c'est pourquoi je suis venu plus tôt.

La veuve dit tout bas à sa servante, sans oser jeter les yeux sur celui qui lui parlait, qu'elle ne reconnaissait point la voix de son époux. La servante, se hasardant à regarder à travers ses doigts, vit le malin fantôme qui se tenait en équilibre les pieds en l'air.

— Ah! miséricorde, ma maîtresse! s'écria-t-elle, si ce n'est point votre mari, c'est donc le diable, car il n'y a que les gens de l'autre monde qui puissent marcher ainsi sur la tête. Arrangez-vous avec lui comme vous pourrez, pour moi je me sauve.

En disant ces mots, elle prit la fuite à toutes jambes, la veuve suivit son exemple, et maître paillasse, riant de leur sotte épouvante, emporta les dindons

qu'on avait abandonnés sur le champ de
bataille.

Les enfans bien élevés qui liront l'histoire de Petit-Jules, s'indigneront justement de lui voir commettre de si vilaines
actions ; mais ils doivent se rappeler aussi
que personne ne lui apprenait à en rougir ;
qu'on excitait au contraire sa hardiesse,
et qu'en se livrant à de pareils excès, le
pauvre enfant ne songeait qu'à mériter
l'estime et l'affection de ses maîtres, sans
se douter de tout le blâme qu'il méritait.
Ceci nous démontre combien on est heureux
d'avoir, dans sa jeunesse, des parens attentifs et vertueux, qui nous dirigent dans
les voies de l'honnêteté, par leurs conseils
et leurs exemples. Ceux qui jouissent de
ce bonheur, et qui néanmoins n'en pro-

fitent pas, sont beaucoup plus coupables que Petit-Jules, auquel son ignorance servait d'excuse, car on ne lui enseignait ni à lire, ni à écrire, ni même à prier Dieu.

CHAPITRE IV.

Pour quel sujet Petit-Jules prit la résolution d'abandonner ses camarades.

LES desseins de la Providence se mon‑ trent quelquefois si clairement à nos yeux, et toujours d'une manière si admirable, qu'il faudrait être dépourvu de toute raison pour ne la pas reconnaître ; mais quelque‑ fois aussi toute la pénétration humaine ne saurait expliquer le but qu'elle se propose à l'égard de certaine créature dont elle pa‑ raît abandonner la conduite au hasard ; ce qui ne saurait être, puisque la religion

nous enseigne positivement qu'il n'arrive
rien sans la permission de Dieu. Petit-
Jules, délaissé presque dès sa naissance,
tomba entre les mains de deux honnêtes
époux, auxquels le ciel sembla l'adresser
pour lui tenir lieu d'un père et d'une mère,
et lorsqu'il commençait à pouvoir profiter
de leurs bons exemples, ce même ciel
permit qu'une troupe de vagabonds, sans
probité et sans mœurs, l'enlevât à de si
louables espérances, pour en faire un véritable vaurien. Nous allons voir néanmoins que l'orphelin n'était pas perdu sans
ressources, et que la vie criminelle qu'il
menait, n'étant que le fruit de son ignorance, n'avait point corrompu entièrement
son heureux naturel.

Un matin, pendant que Brigace et ses

associés préparaient les tréteaux sur une place publique, pour la représentation du soir, Petit-Jules s'en alla se promener par la ville, en habit de voyage. C'était un jour de foire; il arriva dans un endroit où deux malfaiteurs, liés et garrottés à un poteau planté sur un théâtre, subissaient pour leurs crimes la peine d'une exposition publique. L'un était vieux, l'autre n'annonçait pas plus de vingt ans. Le sujet de leur condamnation se lisait sur un écriteau attaché au poteau, comme c'est l'usage. Malgré que Petit-Jules eût beaucoup voyagé, la troupe s'arrêtant de préférence dans les bourgades, où il lui était plus aisé d'exercer ses rapines, il n'avait jamais été témoin d'un pareil spectacle, et s'imagina d'abord que ces hommes re-

5*

présentaient aussi quelque farce ; mais
lorsqu'il en fut plus près, leur contenance,
leur silence et les liens dont ils étaient
garrottés lui prouvèrent qu'il n'avait pas
deviné juste. Il pria un des spectateurs
de lui expliquer ce que faisaient là ces
deux hommes.

— Ne voyez-vous pas, lui répondit-
on, que ce sont des malfaiteurs qu'on a
exposés ainsi aux regards du public, pour
les punir de leurs crimes?

Petit-Jules voulut savoir alors ce qu'ils
avaient fait; mais l'homme, qui ne savait
pas lire, lui tourna le dos en lui disant
qu'il n'avait qu'à jeter les yeux sur le
poteau, où leur condamnation était écrite,
que pour lui, il n'avait pas le temps de
rester là. L'orphelin, désespéré de son

ignorance, trépignait d'impatience, et se
plaignait hautement de la contrariété qu'il
en éprouvait. Il fut remarqué par un honnête marchand de la ville, qui, intéressé
par sa jolie figure et le désir qu'il témoignait, s'approcha de lui et lui dit :

— Vous ne savez donc pas lire à votre
âge, mon petit camarade ?

PETIT-JULES.

Non vraiment, et je commence à trouver cela bien désagréable, puisque je ne
puis savoir pourquoi on a attaché là ces
deux hommes.

LE MARCHAND.

Comme il n'a peut-être pas dépendu de
vous d'être plus savant, je vais vous tirer
d'inquiétude. Ce vieillard est puni pour

avoir fait un *faux*, c'est-à-dire qu'il a imité la signature d'un autre pour le voler. Aussi lorsqu'il aura passé ici quelques heures, on le marquera sur l'épaule, avec un fer rouge, et on l'enverra aux travaux forcés, qu'on nomme aussi les galères, pour plusieurs années.

PETIT-JULES.

Monsieur, qu'est-ce que les galères ou les travaux forcés, je vous prie ?

LE MARCHAND.

C'est un lieu où l'on met ensemble les criminels qui n'ont point mérité la mort, mais que la société repousse de son sein. Ils y sont attachés deux à deux à une chaîne commune, même pendant la nuit ; le jour, malgré le poids de leurs fers, on

les oblige de travailler péniblement,
n'ayant pour toute nourriture que du pain
et de l'eau.

PETIT-JULES.

D'après ce que vous me dites, je con-
clus que ce vieillard aurait été fort heureux de ne savoir, comme moi, ni lire,
ni écrire, puisqu'il lui en coûte si cher
pour avoir pris la plume.

LE MARCHAND.

Son ignorance ne l'aurait peut-être pas
préservé du vice, car son jeune compagnon est aussi condamné aux galères,
malgré qu'il ne sache ni lire, ni écrire.

PETIT-JULES.

Bon! et comment a-t-il donc mérité une
punition si rigoureuse?

LE MARCHAND.

Il y a tant de façons de faire le mal! je puis au reste, mon petit ami, contenter pleinement votre curiosité, car ce jeune homme est le fils de mon plus proche voisin. Il avait, dès sa plus tendre jeunesse, de très-mauvaises inclinations, qui n'ont fait que se fortifier avec l'âge. Il dérobait les fruits dans les jardins, les gâteaux chez les pâtissiers et au coin des rues, les oiseaux, les chiens, les chats, et généralement tout ce qui lui faisait envie et qu'il pouvait attraper.

PETIT-JULES d'un air inquiet.

Quoi! Monsieur! c'est pour cela qu'on l'envoie aux galères!

LE MARCHAND.

C'est pour cela, et pour d'autres vols plus considérables qu'il a faits ensuite ; car ceux qui commencent de la sorte, ne manquent jamais d'arriver où le voilà. Il est vrai qu'en le corrigeant de bonne heure, on aurait pu réprimer ses progrès vicieux ; mais malheureusement ses parens sont eux-mêmes des *scélérats*, qui, au lieu de s'indigner des mauvaises actions de leur fils, les traitaient de gentillesses, les encourageaient et s'en rendaient complices les premiers.

PETIT-JULES naïvement.

Il y a donc beaucoup de mal à dérober les fruits et les volailles ?

LE MARCHAND.

Assurément, mon enfant. On ne doit
rien prendre de ce qui appartient aux
autres, et tous ceux qui méprisent cette
vérité sont de vrais gibiers de galères ; ils
ne manquent point de s'y faire mettre tôt
ou tard.

Une lumière soudaine éclaira tout-à-
coup notre orphelin. Il jeta sur l'écha-
faud un regard plein d'horreur ; et, tout
effrayé de l'état de sa propre conscience,
il quitta brusquement le marchand et courut hors de lui-même se jeter en pleurant
dans les bras de Fiorentina.

— Ah ! s'écria-t-il, qu'avons-nous fait !
que faisons-nous chaque jour, et à quel
danger ne nous exposons-nous pas ! je

vous apprends que nous sommes des voleurs, des malfaiteurs, et qu'en conti-
nuant de vivre comme nous faisons, nous
irons tous aux galères.

Fiorentina, surprise, lui demanda s'il
était devenu fou, et lorsque Petit-Jules
lui eut tout raconté dans le plus grand
détail, elle se moqua de sa frayeur, en
lui disant qu'on ne mettait aux galères
que ceux qui avaient la maladresse de se
laisser prendre, et qu'il était trop habile
pour cela. L'orphelin, qui avait la bonne
foi de la croire dans l'ignorance aussi bien
que lui, ne s'aperçut pas plutôt de son
erreur, qu'il en conçut contre elle une
vive indignation. Dieu permit, pour son
retour à la vertu, que les instructions du
marchand ne fussent point étouffées par les

6

détestables conseils de Fiorentina et de ses camarades. Son intelligence lui fit reconnaître qu'ils se conduisaient à son égard comme les parens du jeune condamné, et qu'il ne pouvait avoir de plus grands ennemis que les corrupteurs de sa jeunesse. Il leur déclara donc nettement, que non-seulement il ne volerait plus, mais qu'il ne voulait plus rester avec eux.

— Vous n'êtes point mes parens, ajouta-t-il, puisque, de votre propre aveu, vous m'avez rencontré par hasard dans un chemin, aux environs de Sens. J'irai chercher mon père et ma mère, qui ne seront peut-être pas des *scélérats* comme vous, et qui ne m'apprendront point à voler ni à mériter les galères.

Quelqu'injurieuse que fût son expres-

sion, Petit-Jules s'en servait innocem-
ment, pour l'avoir entendu dire au marchand. Elle irrita tellement les sauteurs
qu'ils maltraitèrent celui qui avait la hardiesse de leur adresser une si dure vérité ;
et, dans la crainte qu'il n'allât les dénoncer
à la justice, ils le retinrent fort étroite-
ment. Fiorentina eut recours aux caresses
et aux flatteries pour lui faire oublier ses
projets de révolte et l'occasion qui y avait
donné lieu ; mais Petit-Jules, qui la connaissait maintenant, ne fut pas plus touché des marques de sa feinte amitié que de
la brutalité de son complice. Il comprit
seulement qu'il ne parviendrait à s'échapper de leurs mains qu'en les trompant, et
fit son plan en conséquence. Il parut donc
se repentir de ses torts, en demanda le

pardon, et rejeta tout sur le marchand
qui lui avait donné tant d'épouvante.
Enfin, il se remit si parfaitement dans
les bonnes grâces de la troupe, que les
choses se rétablirent entr'eux comme à
l'ordinaire, à l'exception pourtant qu'on
ne l'envoyait plus à la maraude, dans
la crainte peut-être de réveiller ses appré-
hensions ; mais, malgré cette précaution,
Petit-Jules, qui n'en pouvait perdre le
souvenir, et qui voyait ses camarades
continuer de piller et de voler, les regardait intérieurement avec une véritable
horreur, et n'attendait qu'une occasion fa-
vorable de se séparer d'eux pour toujours.

~~~~~~

CHAPITRE V.

Quel protecteur Petit-Jules rencontra sur
la route.

———

LA ruse et la fourb'erie sont rarement
bonnes à quelque chose, et finissent même
presque toujours par tourner à la confusion de ceux qui les emploient. Cependant
il est des occasions, à la vérité extraordinaires, où l'intérêt de la vertu oblige les
hommes à s'en servir, comme dans celle,
par exemple, où se rencontra notre petit
orphelin. Il valait certainement mieux
tromper cette compagnie, sans honneur
et sans foi elle-même, que de rester avec
elle toute sa vie ; mais une nécessité de ce

6*

genre étant extrêmement rare, je fais observer à mes jeunes lecteurs que celle-ci ne
doit point tirer à conséquence. Petit-Jules
lui-même ne fut jamais tenté depuis de
tromper personne, et plus il s'éclaira sur
ses devoirs, plus il honora la vérité et mé-
prisa le mensonge. Mais n'anticipons point
sur les événemens, et voyons d'abord comment notre héros parvint à se remettre en
liberté.

Ce fut dans un bourg du Berry, à une
lieue d'Issoudun, qu'il exécuta cette en-
treprise. La troupe, gorgée de viandes et
de vin, était presque toute ivre. Brigace
et ses associés, n'ayant pas eu la force de
se mettre au lit, dormaient sous la table;
ce qui encouragea Petit-Jules à s'échapper
cette nuit même, par un fort beau clair de

lune, présumant bien qu'il aurait le temps
de faire beaucoup de chemin avant qu'on
fût seulement en état de s'apercevoir de
sa fuite. Le cœur fortement agité, il se
leva doucement d'auprès d'un des fils de
Fiorentina, qui partageait son lit. Le jeune
sauteur, réveillé malgré ses précautions,
demanda à Petit-Jules où il allait. L'orphelin lui répondit qu'il avait envie de
s'emparer de quelques fruits qu'il avait
remarqués dans une cour voisine, et qu'il
serait bientôt de retour. Son compagnon
de lit, apesanti par le vin et le sommeil,
ne poussa pas plus loin ses questions ; il
balbutia quelques paroles inintelligibles,
et se rendormit profondément. Petit-Jules
sortit alors sans obstacle, enfilant au hasard la première rue qui se présenta. Elle

le conduisit sur une route de traverse qui aboutissait, à quelques milles de là, au grand chemin de Châteauroux à Bourges. Cependant l'idée de se trouver seul en voyage, au milieu de la nuit, lui causa d'abord un mouvement de frayeur, qu'il ne tarda pas à se reprocher. Il se demanda à lui-même s'il n'avait pas vingt fois, à pareille heure, escaladé des murs de jardins pour y dérober des melons, des fruits ou de la salade.

— C'est alors, continuait-il, que je devais avoir peur, puisque, si on m'avait surpris, j'eusse été exposé honteusement en public, marqué avec un fer rouge et conduit aux galères. Ma hardiesse ne me servirait-elle qu'à faire le mal?

Puis il réfléchissait à ce qu'il allait de-

venir, et de quelle manière il s'y prendrait
pour retrouver ses parens, dont il ne savait seulement pas le nom. Cette difficulté lui paraissait assez importante, et il
ne trouvait aucun moyen de la résoudre.

— Au reste, reprit-il d'un ton assez ré-
solu, il ne peut rien m'arriver de pis que
d'être avec des voleurs, dont la justice
s'emparera tôt ou tard; et lorsque je ra-
conterai par quelle trahison ils m'ont enlevé dans mon enfance, il n'est personne
qui n'en soit touché, et ne m'accorde aussitôt sa protection.

Soutenu par cette espérance, Petit-Jules
marchait rapidement, en regardant souvent derrière lui, ne pouvant se défendre
d'une certaine inquiétude, malgré les rai-
sons qu'il avait de ne pas craindre d'être

poursuivi de si bonne heure. Il vit l'aube du jour blanchir l'orient, puis les vives couleurs de l'aurore succéder à cette blancheur, et enfin le soleil sortir de son lit tout radieux; en même temps les petits oiseaux se mirent à gazouiller sur les branches des arbres, comme s'ils eussent voulu saluer l'astre du jour; la rosée étincela sur les fleurs; toute la campagne prit un aspect riant et aimable, que Petit-Jules crut admirer pour la première fois. Pour la première fois, en effet, échappé à la contagion du vice, pour qui un pareil spectacle est sans attraits, il faisait attention aux charmes innocens de la nature, et s'en sentait touché sans savoir pourquoi. On était alors à la fin de juillet. Deux heures après le lever du soleil, Petit-Jules attei-

guit, sur·la route de Bourges, un jeune
homme de treize à quatorze ans, voya-
geant aussi à pied, et portant au bout
d'un bâton, qu'il appuyait sur son épaule,
un petit paquet qui contenait apparemment ses hardes. L'orphelin, que la crainte
rendait agile , l'eut bientôt dépassé.

—Eh! camarade ! lui cria le petit voyageur, êtes-vous donc si pressé que nous
ne puissions faire route ensemble? Du
train dont vous marchez, vous devez faire
bien du chemin dans un jour. Ralentissez
un peu votre pas ; d'être deux , cela désen-
nuie.

— Je suis pressé sans l'être , répondit
Petit-Jules ; mais si ma compagnie peut
vous être agréable, je pense que je m'ac-
commoderai fort bien de la vôtre.

LE PETIT VOYAGEUR , en lui tendant la main.

C'est bien dit : à notre âge on a bientôt fait connaissance. J'imagine que nous ne sommes guère plus vieux l'un que l'autre.

Petit-Jules était beaucoup plus jeune, puisqu'il n'avait pas plus de dix ans ; mais comme il ne savait pas précisément son âge, et que sa taille lui donnait de l'avantage, il ne répondit point à cette observation, et demanda au jeune étranger comment il se faisait que, marchant à grands pas depuis trois heures du matin, il ne l'avait pas rencontré plus tôt. Le voyageur s'informa du lieu d'où il venait.

— Pour moi, continua-t-il, je suis parti hier de Châteauroux , où j'apprends le commerce, dans la maison de messieurs Martin et compagnie ; j'ai passé la nuit à

Issoudun, chez un parent de M. Martin,
et je me suis remis ce matin en route d'assez bonne heure.....mais vraiment, cela
me fait souvenir que, dans mon empressement, j'ai oublié de faire ma prière :
misérable que je suis!

A ces mots le petit commis-marchand
pose à terre son paquet, se jette à genoux,
et fait dévotement, à voix basse, sa prière
du matin, au grand étonnement de Petit-
Jules, qui n'avait jamais rien vu de semblable, et auquel on n'avait jamais parlé
d'un devoir aussi sacré. Au bout de quelques minutes, le jeune voyageur se releva,
reprit son bâton et poursuivit son chemin.

— Expliquez-moi, de grâce, ce que
vous venez de faire là, lui demanda l'orphelin.

Son compagnon s'imagina d'abord qu'il voulait plaisanter; mais Petit-Jules ayant renouvelé sa question d'un air fort ingénu, le jeune voyageur en témoigna à son tour une surprise bien naturelle.

—Serait-il possible, s'écria-t-il, que vous ne sachiez pas encore ce que c'est que de prier Dieu?

PETIT-JULES.

Dieu est un mot que j'ai entendu souvent prononcer comme une parole en l'air, à laquelle on n'attache aucune importance, et qui sert tantôt à jurer, tantôt à se plaindre, ou à exprimer quelque surprise.

LE JEUNE VOYAGEUR.

De quel pays sortez-vous donc, et par qui avez-vous été élevé?

PETIT-JULES.

Par d'assez mauvais sujets, à vous parler franchement. Il est vrai que je ne les
ai pas toujours regardés comme tels, et
que pendant long-temps j'ai cru qu'il n'y
avait aucun mal à profiter de son adresse
pour s'approprier le bien des autres; mais
depuis qu'on m'a éclairé là-dessus, j'ai
pris ce genre de vie tellement en horreur,
que je ne veux plus en entendre parler.

Aussitôt, sans attendre qu'il l'en priât,
notre orphelin raconta à son camarade de
voyage ce qu'il savait de son enlèvement,
de son éducation, et par quel hasard,
ayant appris à quoi l'exposaient ses friponneries, il avait pris le parti d'abandonner
la troupe de Brigace. Le jeune homme l'é-
couta avec une attention pleine d'intérêt;

non sans exprimer hautement son horreur
pour les odieux principes dont on avait in-
fecté si long-temps l'esprit du pauvre Jules. Son récit achevé, il le félicita d'avoir
eu le courage de se soustraire à de si mauvais exemples.

— Vous avez bien raison de penser,
poursuivit-il, qu'il ne peut vous arriver
de plus grand malheur que celui de passer
vos jours dans la compagnie de ces hommes
pervers, qui, au lieu de vous enseigner
à prier Dieu et à devenir un honnête garçon, comme font tous ceux qui élèvent la
jeunesse, ne vous excitaient qu'à piller et à
voler; car enfin, quand vous auriez été assez
habile pour éviter de tomber entre les
mains de la justice, vous n'en auriez pas
moins été dans l'enfer après votre mort.

PETIT-JULES.

Que voulez-vous dire par là ?

LE JEUNE VOYAGEUR.

En voici bien d'une autre. Je gage que vous ne connaissez ni l'enfer, ni le paradis ?

PETIT-JULES.

J'en entends parler pour la première fois.

LE JEUNE VOYAGEUR.

O ciel! quelle ignorance ! vous ne savez donc pas votre catéchisme?

PETIT-JULES.

Je vous dis qu'on ne m'a jamais appris que des tours d'équilibre et à danser sur la corde.

7*

LE JEUNE VOYAGEUR.

C'est quelque chose de joli de savoir faire des tours et danser sur la corde, je ne manque jamais d'aller voir les troupes de ce genre qui passent à Châteauroux; mais je n'aurais jamais pensé que ces gens là étaient tels que vous me les représentez. Pour en revenir à notre sujet, le catéchisme est un livre où l'on apprend à connaître Dieu et tout ce qu'il nous commande de faire. On y voit, par exemple, que c'est un grand péché de ne le point prier soir et matin, et cela me paraît, au reste, fort raisonnable, car si j'ai bien dormi, il est juste que j'en remercie Dieu, qui est le maître du sommeil, et si je veux passer une bonne journée, je dois demander à

Dieu qu'il me l'accorde. Qu'en pensez-vous?

PETIT-JULES.

Dès que Dieu est tout-puissant, il faut bien en effet avoir recours à lui. Si je le priais de me faire retrouver mes parens, croyez-vous qu'il serait assez bon pour m'exaucer?

LE JEUNE VOYAGEUR.

Pourquoi pas, il est le père de tous.... cependant il doit être un peu irrité contre vous, qui ne le priez jamais, quoiqu'à dire la vérité, ce ne soit point votre faute, puisque vous ne saviez pas que Dieu l'exige. Priez toujours, cela ne fait jamais de mal.

PETIT-JULES.

De quelle façon lui parlerai-je?

LE JEUNE VOYAGEUR.

Ma foi, je n'en sais rien, n'ayant jamais perdu mes parens, moi j'ignore comment il faut expliquer cela... Attendez que nous soyons arrivés dans ma famille; j'ai pour oncle un vieil ecclésiastique, qui sait toutes les prières du monde, et qui vous enseignera tout cela, depuis A jusqu'à B.

PETIT-JULES.

Est-ce que vous voulez me conduire chez vos parens?

LE JEUNE VOYAGEUR.

Sans doute. Où iriez-vous ailleurs? ne craignez pas d'en être mal reçu, ils sont bons et sensibles, votre histoire les intéressera, et ils me diront que j'ai fort bien fait de vous prêter mon assistance.

PETIT-JULES en l'embrassant.

Ah! que je suis heureux de vous avoir rencontré! je n'oublierai jamais le bien que vous me faites, Petit-Jules sera toujours votre ami.

Un moment après, il changea tout-à-coup de visage, porta la main à son estomac, et fut obligé de s'appuyer sur la barrière d'un petit pont de bois sur lequel ils passaient. Le jeune voyageur lui demanda s'il se trouvait mal.

PETIT-JULES.

Je ne sais.... j'éprouve de la faiblesse.... la tête me tourne......

LE JEUNE VOYAGEUR.

Je gage que vous n'avez pas déjeûné?...

PETIT-JULES en baissant les yeux.

Comment l'aurais-je pu faire ? je n'ai ni
pain, ni argent......

LE JEUNE VOYAGEUR.

Eh ! mon pauvre camarade, que ne
parliez-vous plus tôt ? C'est le besoin qui
vous presse, vous êtes en route depuis
trois heures. Allons nous asseoir sous ces
arbres, j'ai heureusement quelques pro-
visions. Mon hôte m'a fait mettre dans
mon paquet la moitié d'un canard, du
pain et des poires. Vous verrez que ce
sera pour vous une excellente médecine.

Ils allèrent prendre place sur l'herbe,
à l'ombre de quelques frênes, non loin
d'un clair ruisseau, où Petit-Jules n'eut
pas plus tôt satisfait son appétit, que les for-

ces lui revinrent; en oubliant en même
temps toutes ses inquiétudes, il laissa pa-
raître sa gaîté et son amabilité naturelles
aux yeux de son nouvel ami. Une grosse
chenille lui tomba sur le visage. Il allait l'é-
craser, lorsque le jeune voyageur le retint.

— Faites-lui grâce, s'écria-t-il en riant,
il vous en arrivera peut-être autant de
bonheur qu'au pauvre Guilleri.

PETIT-JULES.

Qu'est-ce que ce pauvre Guilleri ? et qu'a
de commun avec lui cette chenille pour
laquelle vous vous intéressez?

LE JEUNE VOYAGEUR.

C'est une histoire que j'ai entendu lire
à Issoudun, et dont j'ai encore la tête
toute pleine.

PETIT-JULES.

Eh bien, racontez-la moi, si elle n'est pas trop longue, nous prendrons en attendant un peu de repos, et nous n'en marcherons ensuite que plus lestement.

LE JEUNE VOYAGEUR.

Bien volontiers. Il me semble que je n'en ai pas oublié une syllabe.

CHAPITRE VI.

Histoire de Guillery.

Un médecin de la ville de Lyon, qui, malgré ses grandes connaissances, n'avait pu se préserver de devenir pauvre, avait trois fils, âgés, l'aîné de treize ans, le second de onze ans et le plus jeune de neuf. Ils se nommaient René, Lucien et Sylvestre, que ses frères surnommèrent *Guilleri*, parce qu'il était petit, contrefait et fort laid de visage. Ce sobriquet lui demeura si bien par la suite qu'on oublia son véritable nom. Guilleri n'était pas tout à fait bossu, mais il avait les épaules pla-

8

cées de manière que ceux qui le voyaient par devant lui supposaient sur le dos une bosse aussi élevée que celle de Polichinel, tandis que ceux qui le voyaient par derrière la lui croyaient sur l'estomac.

Ici Petit-Jules partit d'un grand éclat de rire, et, interrompant le jeune voyageur, il lui demanda s'il était possible que l'histoire d'un pareil magot fût capable d'intéresser?

— Un peu de patience, reprit-il, vous verrez qu'avant qu'il soit long-temps vous sentirez vous-même que ce n'est pas une chose si impossible que vous le pensez, car vous saurez que cette tournure ridicule n'empêchait pas Guilleri d'avoir un excellent caractère. Il se prêtait de la meilleure grâce du monde aux plaisanteries qu'on faisait de sa personne, disant seulement qu'il ne fallait point juger de l'épée par le fourreau.

Ces trois frères étaient encore à l'âge que je viens de dire, lorsque leur père tomba malade d'une maladie mortelle. Il les assembla autour de son lit, et en versant des larmes sur leur jeunesse qu'il voyait ainsi abandonnée, sans bien et sans protecteur, il les exhorta à s'armer de courage, et les engagea à aller trouver à Paris un riche seigneur qu'il leur nomma. Il lui avait rendu autrefois un grand service, et comme il en avait toujours refusé le prix, il espérait que ce seigneur s'en souviendrait en faveur de ses pauvres enfans. Une lettre écrite de sa main défaillante devait leur servir de recomman-

dation. Le médecin ne l'eut pas plutôt
achevée, qu'une faiblesse le mit hors d'é-
tat d'y ajouter le moindre éclaircissement,
il expira le jour même. Les dettes et les
frais de l'enterrement payés, les malheureux orphelins demeurèrent chacun posses-
seur de dix écus, avec lesquels ils se mirent
en route pour Paris, sans autre équipage
qu'un bâton à la main, et un petit paquet
dans un mouchoir. La première journée
se passa en lamentations sur la perte de
leur père et sur les tristes suites que cette
perte allait avoir pour eux.

— Pour nous, disaient René et Lucien,
nous pouvons encore espérer qu'on s'intéressera à notre misère. Nous sommes
d'ailleurs assez grands et assez forts pour
rendre déjà quelques services; mais que

deviendra le pauvre petit Guilleri? tout le monde le rebutera, et la nécessité où nous serons de ne point l'abandonner entraînera son malheur et le nôtre.

— Non, non, mes frères, répondait Guilleri, je ne vous serai point à charge, je l'espère. Si les hommes me méprisent, parce qu'ils me trouvent petit et mal fait, Dieu, qui sait bien que je ne suis point la cause de ce malheur, aura peut-être compassion de moi. Je ne crois pas être plus laid qu'un crapaud, qui fait horreur à tout le monde, et cependant un crapaud vit aussi long-temps, et sans doute aussi heureusement, que les autres animaux de la terre.

PETIT-JULES.

Pauvre enfant! il me touche malgré

8*

moi, et je ne puis m'empêcher de souhaiter que quelque personne bienfaisante le protège.

LE JEUNE VOYAGEUR.

Je vous l'avais bien dit ; mais vous n'êtes pas au bout. Le second jour de leur voyage, s'étant assis au bord d'un ruisseau pour y prendre leur modeste repas, comme nous faisons nous-mêmes en ce moment, ils s'endormirent ensuite sur le gazon. Guilleri, réveillé par quelque chose qui lui chatouillait le visage, y porta la main, et trouvant une grosse chenille noire et velue, son premier mouvement fut de la jeter à terre avec horreur, et de lever le pied pour l'écraser. Une sage réflexion l'arrêta :

— Je trouve injuste, se dit-il à lui-même, qu'on me fasse un crime de ma laideur, et me voici prêt à tomber dans la même faute. Cette pauvre chenille, qui ne m'a fait aucun mal, ne s'est pas plus donnée à elle-même cette vilaine robe noire que je ne me suis construit un corps si difforme, et cependant, parce qu'elle me blesse les yeux, je prétends l'écraser ! Non, il n'en sera pas ainsi. Usons envers ce pauvre animal de la même indulgence dont je voudrais qu'on usât aussi envers moi.

Il se leva doucement, posa la chenille sur des feuilles vertes et retourna se coucher sur le gazon. Un léger bruit se fit entendre alors derrière lui. Il vit un homme grave, vêtu de blanc, qui s'ap-

puyait sur un bâton doré. Sa barbe et ses
cheveux lui couvraient la poitrine et les
épaules, en formant mille boucles dans
lesquelles se jouaient le zéphir. Pendant
que Guilleri regardait avec étonnement ce
vénérable étranger, ce dernier lui adressa
ces mots, d'un air rempli de bienveillance
et de douceur :

— Mon fils, demande-moi tout ce que
tu voudras; il n'est rien que ma reconnaissance ne t'accorde, parce que tu as
conservé la vie à ma fille.

— Seigneur, lui répliqua Guilleri, vous
me prenez sans doute pour un autre, je
n'ai point eu le bonheur de vous rendre
un si grand service.

Le vieil inconnu lui repartit :

— Je sais bien que tu ne soupçonnais

pas toi-même toute l'importance de ton
bienfait ; mais apprend que cette vilaine
chenille qui t'a si imprudemment réveillée
est ma fille.

PETIT-JULES.

Bon ! vous moquez-vous de moi ? est-ce
qu'une chenille peut être la fille d'un
homme ?

LE JEUNE VOYAGEUR.

Mon Dieu ! que vous êtes vif ! si vous
me laissiez achever, vous verriez qu'il y
a du merveilleux dans cette histoire, et
que ce vieillard était un magicien. Je sais
bien, au reste, qu'il n'y a pas plus de
magiciens que de filles métamorphosées
en chenille ; mais ce sont des inventions

de l'esprit qui amusent, sans qu'on y
croie.

PETIT-JULES.

Fort bien, je comprends que c'est un
conte comme celui du Petit-Poucet, que
Fiorentina m'a appris dans mon enfance.

LE JEUNE VOYAGEUR.

C'est à peu près la même chose. Pour
en revenir à mon histoire, le vieillard
raconta à Guilleri qu'une méchante fée
avait transformé sa fille en une hideuse
chenille, pour se venger de ce qu'elle la
surpassait en beauté. Que malgré qu'il
fût très-savant lui-même dans l'art de la
magie, il n'avait pu détruire l'enchante-
ment fatal, et se contentait de surveiller
sa fille en la suivant partout, pour la
préserver des dangers qui la menaçaient.

— Cependant, continua-t-il, ma vigilance s'est trouvée tout à l'heure en défaut, et l'infortunée en serait devenue la victime, si elle fut tombée entre les mains d'une personne moins pitoyable que toi. C'est pourquoi je te répète que tu peux me demander telle récompense qu'il te plaira, te souvenant que j'ai la faculté de t'accorder les dons les plus extraordinaires.

Les frères de Guilleri, s'étant réveillés pendant cette conversation, l'écoutèrent avec une extrême surprise, et dirent à Guilleri qu'il était bien heureux d'être dans les bonnes grâces de ce magicien, que pour eux ils ne seraient point embarrassés à sa place. Alors Guilleri dit au vieillard.

— Puisque vous avez le pouvoir et la

volonté de me faire du bien, je vous de-
manderai trois choses, si toutefois vous
ne me trouvez pas trop indiscret.

Le magicien l'assura qu'il n'avait qu'à
parler hardiment. Guilleri pria ses frères
de lui déclarer ce qu'ils voulaient obtenir
pour leur compte, son intention étant de
partager avec eux sa bonne fortune. René,
après y avoir songé un moment, demanda
le don de la beauté, Lucien préféra celui
de l'esprit. Guilleri interrogé à son tour :

— J'aurais plus de besoin que mes frères,
répondit-il, des avantages qu'ils réclament
de votre gratitude ; mais puisqu'ils sont
passés les premiers, je vous prie de m'accorder la bonté. J'ai remarqué, malgré
que je sois bien jeune, que la bonté fait
excuser bien des imperfections, et que

ceux qui la possèdent se font aimer de
tout le monde : elle sera cause peut-être
qu'on aura pitié de moi.

Le magicien lui répliqua :

— Tu me demandes une chose dont tu
es déjà abondamment pourvu ; mais j'aurai
soin du moins qu'elle serve à ta félicité,
et te fasse jouir enfin d'un sort tel que
tu le mérites.

Il donna aux trois frères trois petits
flacons pleins d'une liqueur magique, qui
devait leur procurer les faveurs qu'ils dé-
siraient, leur souhaita un bon voyage, et
disparut dans l'épaisseur d'un bois, René
se hâta de se laver le visage avec sa liqueur, conformément aux instructions du
vieillard, Lucien et Guilleri burent celle
que contenaient leurs flacons, après quoi

9

ils se regardèrent les uns les autres, et d'abord les deux plus jeunes demeurèrent frappés d'étonnement en voyant la beauté de leur aîné. Quoique ce fussent les mêmes traits, ils avaient reçus tout-à-coup une perfection qui les rendaient méconnaissables. René se pencha sur le ruisseau pour en juger lui-même.

—O ciel, s'écria-t-il, transporté de joie, est-ce bien moi que je considère! ô béni soit le magicien qui a si bien exaucé mes vœux! quelle parfaite blancheur! quelles couleurs brillantes et délicates! que ma bouche a de fraîcheur et de grâces! que mes yeux jettent d'éclat! que toute ma personne enfin est séduisante! qui pourra me voir sans m'admirer?

— Je te conseille, lui dit Lucien en

haussant les épaules, de ne pas ouvrir cette belle bouche, si tu ne veux changer cette admiration en dégoût, car rien n'est plus insipide qu'un jeune homme épris de lui-même.

— Ne vois-tu pas, reprit aussitôt Guilleri, que ces transports qui te blessent dans la bouche de René, ne sont que l'effet de la surprise que nous avons éprouvée nous-mêmes? il les exprime naïvement en notre présence; mais il sera plus retenu à l'avenir.

— Quoi qu'il en soit, continua Lucien, il n'a fait là qu'une frivole demande : le plus beau visage ne vaut pas les agrémens de l'esprit.

— C'est la jalousie qui t'inspire ce langage, lui repartit René. Pour moi, bien loin d'être tenté de ton esprit, je ne lui sacrifierais pas un cheveu de ma superbe chevelure. Savons-nous, d'ailleurs, si le magicien ne s'est pas moqué de toi ? L'esprit ne se voit pas comme un beau visage, et je suis encore à découvrir ce qu'il y a de merveilleux dans le tien.

— C'est que, pour juger de l'esprit des autres, répliqua vivement Lucien, il serait nécessaire d'en avoir soi-même.

— Eh mes chers frères ! interrompit Guilleri, quelle raison vous porte à vous mortifier ainsi l'un l'autre ? Le magicien vous aurait-il fait un présent funeste ? Chacun de nous, satisfait de ce qu'il a désiré, ne devrait s'en servir que pour améliorer notre sort commun.

René et Lucien, honteux de leur conduite et de se montrer moins raisonnables que leur jeune frère, s'embrassèrent et continuèrent leur chemin, en s'entretenant de l'étonnante aventure qui venait de leur arriver.

PETIT-JULES.

Il faut pourtant que je vous interrompe encore, car il me semble que tout ceci n'est pas bien sensé. N'était-il pas plus naturel que le don de la beauté devînt le partage de Guilleri, qu'on nous représente si laid ?

LE JEUNE VOYAGEUR.

C'est une réflexion que j'ai faite comme vous en écoutant la lecture de cette histoire ; mais lorsqu'on en connaît la fin, on est obligé de convenir que Guilleri n'était

9*

pas moins favorisé que ses frères., qu'il
l'était même beaucoup plus, et qu'il n'a-
vait rien à leur envier.

PETIT-JULES.

Continuez donc, je vous prie, car c'est
une chose dont je suis curieux de me con-
vaincre.

LE JEUNE VOYAGEUR.

Les trois orphelins, parvenus au terme
de leur voyage, ne pouvaient assez s'é-
tonner du mouvement et de l'étendue de
Paris, qui leur parut une ville immense.
Ils se disaient entr'eux : — Si nous n'a-
vions pas l'espérance de rencontrer ici un
protecteur, que deviendrions-nous au milieu d'une foule de personnes qui nous
sont inconnues, dont aucune ne semble
seulement nous apercevoir!

Grâce à l'adresse exacte qui se trouvait sur la lettre dont ils étaient porteurs, ils parvinrent sans difficulté jusqu'à l'hôtel habité par le seigneur auquel leur père les recommandait ; mais ils furent frappés de l'appareil funèbre qui en décorait l'entrée, toute tapissée de draperies noires, bordées de franges d'argent, illuminées par un grand nombre de cierges disposés autour d'un cercueil, et entourée de voitures de deuil. En ce moment arriva le char funéraire. Les trois fils du médecin s'informèrent avec inquiétude du nom de celui qu'on allait conduire si pompeusement à sa dernière demeure : hélas ! jugez de leur consternation en apprenant que c'était ce même protecteur qu'ils venaient chercher de si loin, et qu'une attaque soudaine avait enlevé au bout de quelques heures. Ils suivirent en pleurant le convoi, n'ayant que trop de motifs de répandre des larmes véritables. Un vieux domestique du défunt, présent aussi à la cérémonie, remarqua avec surprise ces trois enfans, dont l'un était si beau, l'autre si laid, et qui paraissaient pénétrés d'une affliction si vive. Il s'approcha d'eux après l'enterrement, pour s'informer de la raison qui les faisait assister au convoi d'un personnage qui devait leur être étranger, puisque lui, attaché au service de son maître depuis plusieurs années, ne les connaissait en aucune façon. Lucien, se hâtant de prendre la parole, lui raconta leurs malheurs de la manière la plus propre à l'y rendre sensible.

— Nous sommes venus ici, continua-
t-il, par l'ordre de notre père; c'est sur
l'espoir qu'il nous a donné de rencontrer
dans votre maître un homme dont la reconnaissance nous protégerait, que nous
avons entrepris un si long voyage; mais
sa mort met le comble à notre infortune.
Nous voici maintenant dans une ville in-
connue, où personne ne prendra, sans
doute, pitié de nous; au lieu qu'en de-
meurant dans notre pays, peut-être les
parens ou les amis de notre père nous ten-
draient, pour l'amour de lui, une main secourable. Voilà pourquoi nous avons suivi
en pleurant ce convoi funèbre : nous nous
estimons orphelins pour la seconde fois.

Le vieux serviteur, attendri de ces
plaintes, leur répondit :

— Il n'est pas temps encore de vous désespérer. Je me souviens parfaitement que monseigneur parlait souvent d'un médecin de Lyon auquel il avait une obligation importante, et dont il vantait le rare désintéressement. Si le ciel lui eût conservé la vie, votre bonheur, mes chers enfans, serait probablement assuré; mais il laisse après lui trois filles, dont il était fort aimé, et qui se feront, sans doute, un devoir d'acquitter envers vous la dette de leur père. Venez avec moi; lorsque les premiers momens de leur juste douleur seront passés, je vous présenterai à ces dames.

Les orphelins, ayant remercié affectueusement ce brave homme de la bonne intention qu'il leur témoignait, retour-

nèrent avec lui à l'hôtel du défunt. Il les
logea dans une chambre voisine de la
sienne, où il fit en sorte qu'ils ne man-
quèrent de rien ; car cet homme, ayant
vieilli au service de cette famille, était
comme l'intendant de la maison, et y dis-
posait de tout avec beaucoup de liberté,
sans abuser néanmoins jamais de la confiance de ses maîtres. Au bout de quelques
jours, il parla des orphelins aux filles de
son seigneur, leur remit la lettre du mé-
décin, et appuya cette recommandation
de tout ce qu'il se souvenait d'avoir entendu dire à son maître à ce sujet. Les
trois sœurs, nommées Léontine, Victoire
et Pallas, lui demandèrent quelle espèce
de service ce médecin de Lyon avait rendu
à leur père ; mais l'intendant n'en savait

rien. Les orphelins ayant paru en leur
présence, elles demeurèrent d'abord également frappées de la beauté de René et
de la laideur du pauvre Guilleri, qui baissa
tristement les yeux et se cacha derrière
ses frères, pour leur épargner un aspect si
désagréable. Elles interrogèrent les orphelins sur le genre d'obligation que leur père
avait contracté à l'égard du leur; ils n'en
étaient pas mieux instruits que l'intendant;
mais Lucien, grâce au don qu'il avait
reçu du magicien, comprit qu'une histoire inventée à propos fortifierait l'intérêt que ces dames prenaient à leur sort, et
répondit hardiment qu'il était prêt à satisfaire leur curiosité, pourvu qu'elles
voulussent bien lui accorder un peu d'attention.

Il y a beaucoup d'années, Mesdames, continua-t-il, que mon père voyageait dans les montagnes de la Savoie, pour étudier les plantes qui y croissent en abondance, étude qu'il aimait passionnément et dans laquelle il était versé plus qu'aucun homme de son temps; non-seulement il connaissait leurs noms et les discernait entr'elles au premier coup-d'œil, mais il avait découvert dans plusieurs de ces plantes des vertus secrètes et très-éminentes, dont il aurait pu faire un mauvais usage, s'il eût été moins homme de bien. Surpris un soir, dans ces montagnes, par un violent orage, et s'étant mis à l'abri dans une caverne, il y trouva un beau jeune homme, accompagné d'un domestique, que le mauvais temps forçait, comme lui, à se réfugier dans cet endroit. Ce jeune homme, mes nobles dames, était le seigneur votre père. Les deux voyageurs lièrent connaissance pour charmer l'ennui de l'attente. Tous deux ne manquaient ni d'esprit ni de politesse, malgré que l'un fût d'une naissance bien inférieure à l'autre. Cependant les agrémens mutuels de leur conversation ne les empêchèrent pas de trouver que la pluie durait fort long-temps, et comme la nuit s'approchait, ils craignirent de ne point trouver un meilleur gîte. Le seigneur envoya son valet à la découverte; celui-ci revint presqu'aussitôt annoncer d'un air joyeux qu'il apercevait dans telle direction un château-fort, bien illuminé, qu'ils atteindraient, tout au plus, dans un quart-

d'heure. Mon père, auquel tous ces parages étaient connus, sachant certainement qu'il n'y avait point de château du
côté qu'on indiquait, regarda cette nouvelle comme une véritable vision. Ils sortirent tous trois de la caverne, et distinguèrent parfaitement le château, que
l'éclat de son illumination rendait encore
plus remarquable, par le temps qu'il
faisait, puisque la pluie qui tombait en
abondance, aurait dû naturellement éteindre les lampions. Cette circonstance, jointe
à ce qu'il savait déjà, fut cause que mon
père, loin de partager la joie de ses compagnons, s'efforça au contraire de les détourner du dessein d'aller chercher asyle
dans ce château, qui ne lui parut que
l'ouvrage de quelque magicien, et un

piége dangereux tendu aux voyageurs. Il
leur répéta plusieurs fois qu'il valait mieux
passer une mauvaise nuit dans cette caverne, que de s'exposer à des dangers
contre lesquels l'esprit et la valeur ne pouvaient rien; mais le jeune seigneur, trop
incrédule, ne fit que rire de cet aver-
tissement, qu'il traita de conte puéril, bon
pour amuser ou effrayer les petits enfans,
et, prenant congé de mon père, qu'il ne
put déterminer à le suivre, il se dirigea en
toute hâte vers le château; avec son domestique, plus impatiens l'un et l'autre
de se procurer un bon souper, qu'alarmés
des prédictions d'un inconnu.

Mon père ayant vu partir à regret cet
aimable mais téméraire voyageur, pria le
ciel de le protéger, s'enveloppa dans son

manteau, et dormit jusqu'au jour dans cette caverne. Son premier soin, le matin, fut de chercher des yeux le château qu'il avait aperçu la veille si bien illuminé ; mais il eut beau promener de tous côtés ses regards ; il ne découvrit rien de semblable, ce qui le confirma dans la pensée qu'il avait eue que ce n'était qu'un objet fantastique. L'orage étant entièrement dissipé ; mon père reprit son chemin, en cueillant, çà et là, les plantes qu'il rencontrait. Il n'avait pas encore perdu de vue le caverne où il avait passé la nuit, lorsqu'un loup d'une taille extraordinaire entra dans cette même caverne.

—O ciel ! se dit mon père, avec effroi, quel danger n'aurais-je pas couru, si cet animal féroce fût revenu plus tôt dans cette

10*

retraite qui est apparemment la sienne !

Comme il prononçait ces mots, le loup en ressortit précipitamment, et, le nez collé contre la terre, se mit à suivre ses traces. Mon père se crut perdu; comme il n'avait point d'armes pour se défendre, sa seule ressource fut d'arracher à la hâte une branche d'arbre, décidé du moins à disputer hardiment sa vie; mais quelle fut sa surprise, lorsque ce loup formidable, arrivé à quelques pas de lui, se coucha d'un air aussi doux et aussi soumis que si c'eût été le chien le plus fidèle. Mon père n'osant point néanmoins se fier à ces étonnantes apparences, profita des dispositions pacifiques de ce loup pour se retirer promptement; mais, dès les premiers pas qu'il hasarda, l'animal se leva et le suivit,

s'arrêtant quand le voyageur s'arrêtait,
et lui donnant toujours les mêmes marques de soumission et de douceur. La surprise de mon père était égale à son em-
barras de ne pouvoir se défaire d'un pareil compagnon de voyage. Il osa le mena-
cer de la branche d'arbre qu'il tenait à la
main. Le loup, au lieu de s'enfuir ou d'user
de sa force, plia les deux pattes de devant,
se mit à genoux devant mon père, et le
regarda avec des yeux remplis de larmes,
et en poussant des soupirs douloureux.
Une pareille action, dont aucun autre
loup n'était capable, inspira tout-à-coup
à mon père l'idée que cet animal était un
homme métamorphosé.

— Si je ne me trompe, lui dit-il à
haute voix, tu n'es point dans la condi-

tion dans laquelle Dieu te fit naître, c'est la méchanceté des hommes qui t'a réduit en cet état, car je sais qu'il y a des plantes dont le suc exprimé et pris en breuvage, peut produire de pareils effets. Peut-être es-tu le jeune seigneur avec lequel je me suis rencontré dans la caverne.

Le loup lui témoigna par des signes très-expressifs qu'il devinait la vérité. Mon père en fut si touché, qu'il ne put retenir ses larmes.

—Infortuné! s'écria-t-il, que ne m'avez-vous écouté, lorsque je vous conseillais d'éviter le piége qui vous était tendu! Ah! s'il m'était possible de réparer un si grand malheur! il est vrai qu'il existe d'autres plantes dont les vertus bienfaisantes combattent et détruisent les effets

pernicieux de celles qu'on vous a fait prendre; mais n'ayant jamais fait usage ni des
unes ni des autres, je crains de ne point
réussir dans mon opération. Il faut d'ailleurs que j'aille chercher ces plantes dans
des précipices fort dangereux, d'où je
pourrais bien ne pas revenir. N'importe,
il n'est rien que je n'entreprenne pour
vous tirer d'une condition si misérable.
Attendez-moi trois jours dans la caverne,
ce temps me suffira pour me procurer les
objets nécessaires, je vous donne ma foi
de revenir au bout de trois jours, si la
mort ne m'absoud pas de ma promesse.

Alors, sans perdre de temps, mon père
se dirigea vers les lieux où croissaient les
simples dont il avait besoin. Je ne vous
parle point des périls qu'il courut, ni des

fatigues qu'il essuya, de peur de vous en-
nuyer par ma narration, déjà un peu longue.
Il alla aussi dans la ville la plus prochaine,
acheter divers ingrédiens et quelques va-
ses pour extraire le suc des plantes, et revint fidèlement à la caverne où le loup l'attendait. Le pauvre animal était d'une
maigreur effrayante, n'ayant rien mangé
depuis sa métamorphose, parce qu'il ne
pouvait se résoudre à vivre de sang et de
carnage, comme font les véritables loups.
Il essaya de bondir de joie à l'arrivée de
mon père, mais, n'en pouvant venir à
bout, il se contenta de lui lécher les pieds
et les mains, en signe de reconnaissance.
Mon père se hâta de commencer son opération, qui réussit au-delà de son attente, et fit avaler au loup un breuvage

qui lui rendit à la fois sa première forme
et sa vigueur. Le jeune seigneur se jeta
avec transport entre les bras de mon père,
en lui offrant toute sa fortune ; mais mon
père, qui ne l'avait point obligé par intérêt, lui répondit que le bonheur d'avoir
rendu à la société un homme si digne de
l'embellir, était pour lui une récompense
suffisante. L'étranger lui raconta qu'en ar-
rivant au château illuminé, il avait été
reçu par des écuyers richement vêtus,
dont les uns s'étaient emparés de son cheval, tandis que les autres l'introduisirent
dans un magnifique salon, où ils trouvè-
rent le maître du château prêt à se mettre
à table avec un grand nombre de convives, qui, pour la plupart, étaient comme
lui des voyageurs égarés, que le mauvais

temps avait amenés dans ce château. Toutes les décorations de la salle du festin
n'étaient que des attributs de chasse, ou
des tableaux qui représentaient les diver-
ses manières de faire la guerre aux animaux. Les écuries et les cours étaient rem-
plies de chiens et de chevaux destinés à
cet exercice. Pendant le repas, un officier
du château assis auprès de moi, continua
le jeune seigneur, me raconta que son
maître aimait si passionnément la chasse et
s'y livrait avec tant de bonheur sur des
animaux de toute espèce, qu'il n'y en avait
point assez sur terre pour alimenter ses
plaisirs. Il ajouta, en souriant d'un air
mystérieux, qu'il connaissait heureusement le moyen de s'en procurer d'une
nouvelle création. Ne comprenant point

ces paroles, j'allais en demander l'expli-
cation, lorsqu'on apporta une cave rem-
plie de flacons de liqueurs, dont chacune
portait pour étiquette le nom d'un animal.
On en distribua aux convives, selon les
ordres du maître du château, qui ne permit à personne de boire, avant qu'il en
eût donné le signal, en portant son verre
à ses lèvres; mais, à ce moment, chaque
voyageur eut à peine avalé la fatale liqueur que l'un devint cerf, l'autre che-
vreuil, loup, sanglier, renard, lièvre ou
lapin, selon la composition de chaque
liqueur. C'était autant de pièces de gibier
destinées à la chasse du perfide, qui, le
jour, environnait son château et son parc
des plus épaisses ténèbres, pour le rendre
invisible à tous les yeux, et se livrer im-

punément à ses barbares plaisirs. Le
brouillard était si intense qu'aucun animal
n'osait le traverser pour s'enfuir, dans la
crainte de se précipiter dans quelqu'abîme,
n'ayant d'ailleurs aucune espérance d'a-
méliorer par là leur affligeante condition.
Pour moi, me souvenant de la conversation que nous avions eue dans la caverne,
et des rares connaissances que vous me
laissâtes voir, j'espérai que vous pourriez
peut-être me tirer d'un péril où mon
imprudence m'avait jeté. C'est pourquoi,
sans craindre pour ma vie, je me suis pré-
cipité au travers de cette nuée ténébreuse.
Tel fut le récit que votre père fit au nôtre.
Il voulut livrer aux flammes sa peau de
loup qui s'était détachée toute entière,

mon père lui conseilla d'en conserver au moins la patte droite.

— Si vous vous mariez, lui dit-il, et que le ciel vous accorde des enfans, cette patte, mise dans leur berceau, le premier jour de leur naissance, leur donnera des qualités précieuses : non-seulement ils auront de la beauté et de l'esprit, mais leur âme sera toujours ouverte à la compassion ; ils respecteront votre mémoire, ils écouteront les plaintes des malheureux, et mériteront les plus grands éloges.

Lorsqu'ils se séparèrent, le jeune seigneur conjura de nouveau mon père de mettre un prix à un si éminent service ; mais mon père lui répartit encore qu'ayant toujours été borné dans ses désirs, son peu de bien lui suffisait. Il ajouta, pour le

satisfaire, que si, dans la suite de sa vie, il
éprouvait quelque revers de fortune, c'est
à lui seul qu'il aurait recours dans son
malheur. Cet engagement, dont il s'est
souvenu à son lit de mort, a été la cause
de la confiance avec laquelle il nous avait
adressés à votre père. Hélas ! il ne pré-
voyait pas le rencontrer si tôt en l'autre
monde.

Ainsi parla le jeune Lucien; les trois dames
n'ajoutèrent pas beaucoup de foi à cette
histoire, qui leur parut une fable dont le
médecin avait amusé ses enfans, car ils ne
leur vint point dans l'esprit qu'un enfant
aussi jeune fût capable de l'avoir imaginée.
Néanmoins elles ne laissèrent pas de vouloir justifier par leur conduite les vertus
de la patte du loup : circonstance que le

spirituel Lucien n'avait pas mise là sans intention. Victoire, prenant la parole, dit aux deux autres dames :

— Que vous en semble, mes chères sœurs ? Il parait assuré que le père de ces orphelins a rendu à notre père un service important : pouvons-nous mieux honorer la mémoire de ce dernier qu'en nous char-geant nous-mêmes du bien qu'il leur eût fait sans doute, s'il eût vécu ? Mais comme notre choix pourrait se rencontrer, si nous ne suivions que notre goût à l'égard de ces enfans, je pense que nous n'avons rien de mieux à faire que de nous en rap-porter au sort, chacune se résignera au partage qu'il plaira au ciel de lui donner.

Léontine et Pallas approuvèrent cet avis, chaque sœur se flattant en secret

11*

qu'elle éviterait la charge du pauvre Guilleri, dont la laideur leur paraissait repoussante. Elles firent éloigner les orphelins, en leur promettant qu'avant la fin
du jour ils connaîtraient leurs protectrices,
et le sort qui leur était destiné. Les trois
dames, demeurées seules, mirent aussitôt dans une corbeille les noms des orphelins, et les tirèrent ensuite au hasard, les
yeux fermés; mais aucune n'osait regarder
son billet, tant elles appréhendaient de lire
le nom de Guilleri. La première qui s'y
décida fut Victoire, le beau Réné lui était
tombé en partage; elle en ressentit une joie
extrême. Les deux autres ouvrirent leur
billet en même temps, et Pallas, poussant
un cri de douleur, jeta loin d'elle le papier fatal sur lequel elle avait lu : *Guilleri.*

— Que ferai-je de cet horrible magot?
dit-elle en pleurant de dépit; je suis bien
malheureuse ! Hélas ! mes sœurs , ayez
pitié de moi; je vous donnerai tout ce
que vous voudrez, si vous consentez à me
céder à sa place le beau René ou l'intelli-
gent Lucien.

Ses sœurs lui répondirent qu'elles se seraient résignées à leur sort, s'il leur eût
fallu se charger de cet enfant, qu'elles lui
conseillaient de faire de même ; puisqu'il
lui était tombé en partage. Léontine s'en
retourna à Strasbourg, où elle était ma-
riée, emmenant avec elle l'heureux Lucien,
qu'elle résolut de faire élever aussi bien
que ses propres fils. Victoire s'en alla à
Marseille avec René, dans des dispositions
aussi favorables que sa sœur, et avec plus

de facilité encore de les faire valoir puisqu'elle était riche, veuve et sans enfans.
Pallas, n'ayant aucune inclination pour le
mariage, continua de demeurer à Paris,
dans la maison paternelle, mais ne pouvant supporter la vue de son pupille, elle
l'envoya à la campagne, où, se contentant
de pourvoir à ses besoins, elle l'aban-
donna à l'autorité des domestiques.

PETIT-JULES.

Un moment, s'il vous plait; j'ai pris
patience jusqu'ici, mais je ne saurais y
tenir davantage. Ce magicien, père de la
chenille, qui avait promis au pauvre Guilleri que son bon naturel serait récompensé,
n'était apparemment qu'un imposteur.

LE JEUNE VOYAGEUR, en riant.

Je m'étonnais de votre silence, et de ce

que vous m'ayez laissé parler si long-temps sans m'interrompre.

PETIT-JULES, en riant aussi.

A dire la vérité, j'en ai été tenté plus d'une fois, car l'histoire du seigneur changé en loup m'a paru un peu longue, et bien moins intéressante que celle du pauvre Guilleri, qu'il me tarde de voir enfin au bout de ses peines ; mais je crains que ce moment n'arrive jamais.

LE JEUNE VOYAGEUR.

Rassurez-vous, nous y touchons. Cependant ce pauvre enfant eut encore beaucoup à souffrir dans cette campagne, où sa protectrice, qui ne méritait guère encore ce titre, l'envoya. Comme la première chose qu'on apercevait en lui était cette maleheureuse laideur, qui rebutait tout le monde, chacun se sentait disposé à le traiter durement et avec mépris. Les domestiques de Pallas se livrèrent d'autant plus à cette injuste disposition, que leur maîtresse ayant défendu de soumettre l'orphelin à aucun travail servile, cette faveur excita d'abord leur jalousie. Les premiers jours de son arrivée au milieu d'eux, un matin qu'il pleurait à l'écart, en comparant le sort de ses frères au sien, le magicien se présenta devant lui.

— Pourquoi pleures-tu si amèrement ? lui demanda-t-il.

— Hélas ! lui répondit Guilleri, je n'ai que trop de raison de m'affliger ; j'ai beau faire tout ce qui dépend de moi pour contenter les personnes qui m'entourent, je n'obtiens de chacun que de la haine et de mauvais traitemens. Mon père et mes frères étaient les seuls qui m'aimaient, la mort m'a séparé de l'un, l'absence me sépare également des autres ; il ne me reste aucune consolation dans mon malheur.

Le magicien, qui s'attendait à recevoir de lui des reproches, fut touché jusqu'aux larmes de la douceur et de la modération de cet enfant. Il l'embrassa avec une grande tendresse.

— Si ton sort, lui répliqua-t-il, ne devait point changer, je t'emmenerais avec moi dès cet instant, et j'emploierais toutes les ressources de mon art pour te rendre heureux ; mais je me reprocherais de priver ta jeunesse de l'utile leçon qu'elle recevra un jour de ton histoire. Je ne suis donc venu ici que pour relever ton courage abattu. Console-toi, Guilleri, ta bonté triomphera de toutes les injustices dont on t'accable, et tes frères, qui te paraissent aujourd'hui si bien partagés, seront bientôt réduits à envier ta destinée.

Une semblable prédiction était extraordinaire, et Guilleri ne savait trop quel degré de confiance lui accorder. Cependant le magicien lui témoignait un si tendre intérêt, qu'il résolut de surmonter sa douleur, et de redoubler de patience dans sa disgrâce. Ainsi, au lieu de fuir ses compagnons, il chercha à captiver leur bienveillance par de nouveaux efforts. Quoiqu'il n'eût aucun travail assigné, il trouva le secret de s'occuper continuelle-

ment en aidant les autres à remplir leur
tâche, surtout ceux qui lui paraissaient les
plus faibles, tels que les vieillards et les
enfans. Si quelqu'un tombait malade, Guilleri s'établissait auprès de son lit, et le
servait avec une douceur et une attention
infatigables. Si l'on commettait une faute,
il s'employait auprès du surveillant pour
en obtenir le pardon, ou s'affligeait avec
celui qui était puni, si ses prières se trou-
vaient inutiles. Il se faisait distinguer surtout par son zèle à donner à sa protectrice
des marques continuelles de sa reconnaissance. Pallas aimait beaucoup les fleurs,
Guilleri pria le jardinier de lui confier le
soin du parterre, et il s'en acquitta si
bien, qu'il n'y avait point, à plusieurs
lieues à la ronde, une plus belle récolte.

de fleurs. Un peu plus tard il s'occupa des arbres à fruits avec un pareil succès. Enfin chaque site pour lequel Pallas avait montré autrefois de la préférence, reçut des mains de l'ingénieux Guilleri des embellissemens particuliers; mais sa tutrice n'en jouissait pas, la seule crainte de l'y voir l'empêchant de visiter ce domaine.

Cependant l'orphelin se faisait adorer de tout le monde. Accoutumé à sa laideur, on ne voyait plus que ses excellentes qualités, et le pauvre Guilleri jouissait du moins de tout le bien que les serviteurs de Pallas pouvaient lui faire. Les moins sensibles le chérissaient comme les autres, tant la bonté est puissante pour adoucir les cœurs les plus durs. Pallas elle-même, surprise de la beauté des fleurs et des

fruits qu'elle recevait de sa compagne, et
d'entendre sortir de toutes les bouches les
louanges de Guilleri, résolut de surmonter sa répugnance, et d'aller passer quelques semaines dans sa terre. Dès les premiers pas qu'elle y fit, elle remarqua avec
attendrissement les embellissemens que
Guilleri avait répandus dans tous les endroits où elle se plaisait davantage. La
maison entière se réunit pour rendre té-
moignage au bon caractère de cet enfant;
chacun vanta l'ardeur dont il était animé
pour tout ce qu'il supposait devoir être
agréable à sa bienfaitrice, mais cependant
il ne paraissait point. Pallas, étonnée de
son absence, l'ayant fait appeler, on le
trouva caché dans le parc, au fond d'une
grotte. Lorsqu'il parut devant la dame,

elle lui demanda pourquoi il n'était point
venu au-devant d'elle comme les autres
personnes du château, et si son arrivée
lui causait quelque peine. Guilleri lui répliqua que la seule crainte d'offrir à ses regards un objet désagréable l'avait empê-
ché de partager le bonheur de ses compagnons, parce qu'il aimerait mieux se con-
damner à vivre sous terre que de lui faire
éprouver le moindre déplaisir. Une ré-
ponse si touchante le rendit beau tout-à-
coup aux yeux de Pallas. Elle lui répéta
plusieurs fois avec beaucoup d'affection
qu'elle reconnaissait envers lui son injus-
tice et voulait la réparer en ne se sépa-
rant plus de lui à l'avenir. Le pauvre
Guilleri tomba à ses genoux, baigné des
larmes de la reconnaissance. Dès ce mo-

ment, Pallas l'adopta pour son fils, et en peu de jours elle s'habitua si bien à sa laideur, qu'elle n'y faisait plus d'attention ; mais à mesure qu'elle le connaissait mieux, elle découvrait dans son cœur mille qualités précieuses que le temps ne faisait encore que fortifier.

Cinq ans après la mort de leur père, les trois sœurs s'étant réunies de nouveau, Léontine et Victoire se plaiguirent amèrement de leurs pupilles.

— Lucien, dit la première, a beaucoup d'esprit, mais il en fait souvent un mauvais usage. Il prend la liberté de railler tout le monde, se regarde comme un personnage accompli, ne tient aucun compte des remontrances qu'on lui adresse, et devient de jour en jour d'une opiniâtreté

12.

plus insupportable. Peu reconnaissant des bontés que j'ai pour lui, il va jusqu'à me faire entendre que je ne fais qu'acquitter la dette de mon père envers le sien, et qu'ainsi il se trouve dispensé de toute espèce d'obligation. Comme je pense avoir suffisamment rempli la mienne, je vais le renvoyer à Lyon, chez un procureur de ses parens, où il pourra maintenant gagner sa vie en travaillant.

—J'ai dessein de prendre pour René un parti à peu près semblable, dit à son tour madame Victoire. C'est un garçon borné, auquel sa jolie figure tourne la tête, et qui, tout occupé de lui-même, n'est susceptible d'aucune affection pour les autres. Je suis lasse de faire du bien à un ingrat; sa seule présence m'est insi-

pide. Je le place aussi à Lyon, chez un
marchand de sa famille.

— Pour moi, mes sœurs, reprit alors
Pallas, je ne me séparerai jamais de mon
cher Guilleri. Il sera mon héritier; et je
voudrais être dix fois plus riche que je ne
le suis, pour le récompenser plus ma-
gnifiquement de la satisfaction qu'il me
donne.

Léontine et Victoire se regardèrent avec
surprise en entendant leur sœur s'exprimer ainsi.

— N'est-ce pas vous, lui demandèrent-
elles, qui pleuriez de chagrin lorsque le
sort vous le désigna pour pupille?

— Il est vrai, répondit Pallas; j'igno-
rais alors quel trésor le ciel avait caché
sous une enveloppe si défavorable; main-

tenant que je l'ai découvert, je serais criminelle de ne pas l'apprécier.

Léontine et Victoire ayant passé quelque temps avec leur sœur, se convain-
quirent bientôt par elles-mêmes de tout
ce qu'elle leur disait de Guilleri, et parta-
gèrent si bien les sentimens de bienveillance qu'il lui inspirait, qu'elles demandèrent instamment à le posséder tour-à-
tour dans leurs familles. Les trois sœurs
se réunirent ainsi pour l'aimer et lui faire
du bien, de sorte qu'il finit par devenir
très-riche. Ses frères, que l'esprit et la
beauté avaient si mal servi, vivaient pau-
vrement dans leur ville, sans aucune con-
sidération. Guilleri les appela dans sa
maison, dès qu'il fut le maître de dispo-
ser de sa fortune. Il leur procura à chacun

un bon mariage. Il n'aurait pas manqué
d'en trouver aussi un pour lui-même s'il
l'eût souhaité ; mais il ne le voulut pas,
sa laideur lui donnant peu d'espérance de
plaire. Il s'en consola en aimant les enfans
de ses frères comme s'ils eussent été les
siens. Il répétait souvent à ses amis que
de tous les avantages qui nous font réussir
dans le monde, il n'en est point de plus
solide que la bonté.

Eh bien, camarade, s'écria le jeune
voyageur, voilà l'histoire de Guilleri terminée, de quoi vous plaignez-vous maintenant ?

PETIT-JULES.

De rien du tout : je suis content de le
voir, à la fin, riche et heureux ; et puisque la bonté est une chose si avantageuse,

je juge que je ferai fort bien d'imiter Guilleri, car sans être, comme lui, d'une laideur repoussante, j'ai grand besoin qu'on
ait aussi compassion de moi.

LE JEUNE VOYAGEUR.

Soyez tranquille sur ce point. J'espère
que notre rencontre ne vous sera pas inutile, et que vous trouverez bientôt dans
ma famille des protecteurs et des amis.

Les deux jeunes gens se levèrent alors
et continuèrent leur voyage. Le soir, ils
couchèrent à Bourges, d'où ils se rendirent
le lendemain d'assez bonne heure au lieu
de leur destination.

CHAPITRE VII.

De quelle manière Petit-Jules fut reçu dans la maison de son nouvel ami.

LES douces affections du cœur, qui ont ordinairement tant de force entre les personnes vertueuses, ne prennent qu'un empire faible et passager sur celles qui ne le sont pas, soit qu'un intérêt sordide soit l'unique motif de leurs actions, soit que la justice divine ait réservé pour les seuls gens de bien ces innocentes jouissances, source de la félicité la plus pure. Petit-Jules, élevé par Fiorentina, consolé par elle dans une partie des chagrins de sa jeunesse, la quitta néanmoins sans regret dès qu'il apprit combien elle était méprisable, et à quel point elle avait abusé de son ignorance. De leur côté, les baladins se consolèrent aisément de sa perte, ainsi qu'on a eu l'occasion de l'apprendre par la suite. Leur premier mouvement fut, à la vérité, de courir après lui, moins par amitié que par la crainte qu'il ne les décelât; mais ne sachant où il s'était retiré, et l'avance qu'il avait prise sur eux leur donnant peu d'espoir de le rejoindre, ils ne savaient trop à quoi se résoudre.

—Mon avis, leur dit Fiorentina, est que nous ne nous mettions pas davantage en peine de ce petit fourbe. S'il s'avise de nous dénoncer, nous ne manquerons pas de présence d'esprit pour le confondre. Je soutiendrai, d'ailleurs, que je suis sa

mère, ce qui lui ôtera toute créance. Quant
au tort que sa perte va nous causer, il
faut bien la supporter, car nous aurions
beau le rejoindre, le garder à vue et le
rompre de coups, vous voyez par ce qu'il
a déjà fait que nous ne saurions avoir en
lui aucune confiance. Il nous échapperait
de nouveau tôt ou tard. Oublions le donc,
et qu'il devienne ce qu'il pourra.

Ce conseil ayant été adopté, on ne son-
gea plus qu'à partir du lieu où l'on était,
pour passer dans une autre province, afin
de se mettre à l'abri des recherches qui
pouvaient être faites de leur conduite, en
cas que le fugitif essayât de recourir à la
protection des magistrats. Ainsi, de part
et d'autre, Petit-Jules et ses ravisseurs se
fuyaient avec un égal empressement.

Pour celui qui se trouve sans appui, le plus faible roseau n'est point à mépriser. Quoique le jeune voyageur ne fût lui-même qu'un enfant, Petit-Jules s'attacha à lui avec confiance, et se sentit plus en sûreté sous sa protection. Ce jeune voyageur se nommait Benjamin Evroul ; il était le fils d'un propriétaire des environs de Bourges, qui l'avait placé depuis deux ans à Châteauroux, dans la maison d'un de ses amis, pour y apprendre le commerce. M. et madame Evroul, chargés de plusieurs enfans, vivaient à la campagne, du produit de leur terre, sans être ni pauvres ni riches, dans une situation douce et tranquille. N'ayant reçu ni l'un ni l'autre une éducation recherchée, ils n'avaient point la prétention de rendre leurs enfans

plus habiles qu'eux-mêmes. Satisfaits de
leur voir posséder les sciences élémen-
taires, ils se contentaient, du reste, d'enseigner à leurs filles la vigilance dans le
ménage, et à leurs fils tout ce qui concerne
le détail des occupations champêtres. Pour
Benjamin, il montrait un goût si décidé
pour le commerce, que ses parens ne vou-
lurent pas le contrarier à cet égard; mais,
outre qu'il demeurait dans la maison d'un
ami, où on ne lui prenait qu'une pension
extrêmement modique, la sagesse de son
éducation jointe à son économie naturelle,
le rendait fort circonspect dans ses dé-
penses, soit pour ses habits, soit pour ses
plaisirs, et nous avons vu qu'il voyageait
modestement à pied pour épargner les
frais de la voiture publique.

M. et madame Evroul, malgré les bornes de leur fortune, ne laissaient pas de vivre avec une certaine abondance, que permettent les ressources de la campagne, où un potager bien entretenu et une basse-cour qui n'exige que les assiduités et la vigilance de la maîtresse, fournissent durant toute l'année une nourriture saine et agréable. Leur bouté naturelle les portant à partager libéralement ces avantages avec leurs amis et les malheureux qui recouraient à leur générosité, Petit-Jules ne manqua point de recevoir de ces honnêtes époux l'accueil que Benjamin lui en avait fait espérer. Ils lui promirent, après avoir écouté son histoire avec une tendre compassion, de faire tout ce qui dépendrait d'eux pour le réunir à sa famille.

— En attendant, continua M. Evroul, je vous invite, mon cher enfant, à demeurer librement dans ma maison, où nous tâcherons de vous occuper utilement, selon vos forces, car vous saurez que nous avons ici l'oisiveté en horreur, et que nous la regardons comme la mère de tous les vices.

Petit-Jules, transporté de reconnaissance, l'assura qu'il ne se plaindrait jamais de sa docilité, et qu'il le priait d'en faire l'épreuve à l'instant même; mais M. Evroul, charmé d'ailleurs de sa bonne volonté, lui répondit qu'il fallait se reposer de son voyage, faire avec sa famille une plus ample connaissance, et que chaque chose aurait son tour. Le spectacle

13*

d'une famille honnête et laborieuse était
pour l'orphelin un tableau aussi nouveau
qu'intéressant, qu'il ne regardait qu'avec
respect, et auquel il comparait en rou-
gissant ce qu'il avait vu jusque-là.

Cependant les frères et les sœurs de
Benjamin, en apprenant que Petit-Jules
s'était enfui d'avec une troupe de sauteurs,
et qu'il était sauteur lui-même, l'entou-
rèrent curieusement, et le pressèrent de
faire en leur présence des tours de force
ou d'adresse pour les divertir. Petit-Jules,
quoiqu'il ne vît plus son ancien métier
qu'avec horreur, n'osant mécontenter des
personnes qui le recevaient si charitable-
ment, demanda une couverture pour lui
servir de tapis; mais pendant qu'il l'arran-

geait, la confusion lui couvrait le visage
et de grosses larmes s'échappaient de ses
yeux. Benjamin, s'en étant aperçu, lui
passa les bras autour du cou, et voulut savoir ce qu'il avait à pleurer. Son jeune ami
lui avoua que ce qu'on exigeait de lui en
ce moment lui causait de la honte et de la
douleur, qu'il voudrait pouvoir oublier la
vile profession qu'on lui avait fait embrasser
malgré lui; mais que néanmoins il n'avait
rien à refuser aux enfans de ses bienfaiteurs.
Benjamin s'emparant aussitôt de la couverture, et la remettant à l'une de ses sœurs:

— Emporte ceci, Justine, lui dit-il,
ce serait bien mal fait à nous de trouver
notre plaisir dans ce qui affligerait ce pauvre jeune homme. Qu'il ne soit donc plus
question d'une chose dont il a raison

d'être honteux, puisqu'elle a pensé devenir si funeste à ses mœurs.

Ceux qui témoignaient le plus de curiosité de voir exécuter les tours de force,
y renoncèrent docilement, dès que leur
frère s'en fut expliqué. Ils prièrent même
Petit-Jules d'excuser leur indiscrétion, et
convinrent ensemble d'éviter dans leurs
entretiens tout ce qui pouvait lui rappeler
un souvenir désagréable.

Quelques jours après leur arrivée, Benjamin proposa à son ami de l'accompagner
chez son oncle le curé, qui demeurait à
une lieue de là.

PETIT-JULES.

N'est-ce pas celui dont vous m'avez
parlé, qui doit m'enseigner à obtenir de

Dieu qu'il me fasse retrouver mes parens?

BENJAMIN.

Oui, mon ami, c'est-lui-même, et je ne doute pas qu'il n'accorde à ton malheur le vif intérêt que nous y prenons tous, car c'est le meilleur et le plus charitable des hommes. Il sera surtout indigné de l'ignorance où l'on t'a laissé sur tes devoirs envers Dieu, il te fera étudier le catéchisme.

PETIT-JULES.

Eh bien partons tout de suite; il me tarde beaucoup à moi de sortir de cette ignorance, j'en ai d'autant plus de honte que je vois dans votre maison des enfans plus jeunes que moi qui lisent déjà dans les livres et font leurs prières tout seuls.

Ils se mirent en chemin pour le pres-bytère, et Benjamin reprenant la parole :

— Je n'ose pas te promettre, continua-t-il, que mon oncle prenne la peine de te donner des leçons de lecture, non par défaut de complaisance, mais parce qu'étant vieux et infirme, il trouve à peine assez de force pour remplir ses devoirs d'ecclésiastique.

PETIT-JULES.

Où avez-vous donc appris ce que vous savez, vous et vos frères ?

BENJAMIN.

Le maître d'école du village a été aussi le nôtre.

PETIT-JULES.

Eh bien, je m'adresserai à lui à mon tour.

BENJAMIN.

Oui, mais il y a une petite difficulté ; ce maître d'école prend assez cher ; mes parens ne sont pas riches, ils ont encore deux de mes petites sœurs à faire instruire, et je crains qu'ils ne puissent pas seconder tes dispositions.

PETIT-JULES.

Quoi! ce maître d'école ne me rendrait point le service de m'apprendre à lire gratuitement, à moi, qui suis un pauvre orphelin!

BENJAMIN.

Mon ami, j'en doute un peu.

PETIT-JULES.

Il faut que ce soit un homme bien intéressé.

BENJAMIN.

C'est un père de famille qui n'a point d'autres ressources pour vivre et élever ses enfans ; le prix du temps qu'il t'accorderait gratis lui serait payé par un autre, et servirait aux besoins de son ménage.

Petit-Jules n'ayant rien à répliquer, soupira profondément. Ce soupir alla retentir dans le cœur bienfaisant de son jeune camarade. Ils firent quelques pas en silence, puis Benjamin lui serrant la main tout-à-coup :

— Console-toi, lui dit-il, j'ai trouvé un

moyen de concilier les choses. Dans trois mois je recevrai une petite paye du chef de la maison de commerce où je travaille : j'imagine qu'elle ne sera pas bien considérable, puisqu'il m'a déjà annoncé que ce ne serait qu'un encouragement ; mais j'espère qu'elle suffira au maître d'école, et je te l'abandonnerai de bon cœur tout le temps que tu en auras besoin.

PETIT-JULES, avec un mouvement de surprise mêlé d'attendrissement :

— Quoi ! vous vous priveriez de votre argent, pour me donner la facilité de m'instruire !

BENJAMIN.

Pourrais-je l'employer plus utilement ?

14

PETIT-JULES , extrèmement ému.

Ah ! Benjamin ! ah ! mon ami ! si vous saviez ce qui se passe dans mon cœur ! Ah ! je vois bien qu'il y a un Dieu , que ce Dieu est bon , et qu'il a pris pitié du pauvre Jules.

FIN DU PREMIER VOLUME.

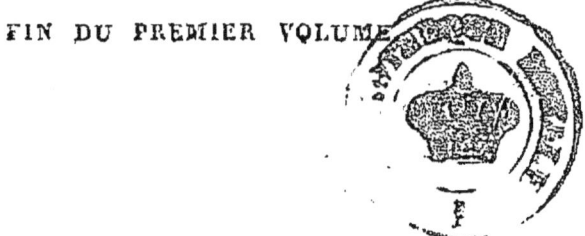

TABLE

DES CHAPITRES CONTENUS DANS CE VOLUME.

———

FIN DE LA TABLE DU PREMIER VOLUME.

EXTRAIT DU CATALOGUE

D'EYMERY, FRUGER ET C.ᴵᴱ

DEUX SOEURS (les), ou les Enfans dé-
voués à leur mère, 1 vol. in-18, orné
de jolies vignettes, par L.-P. Langlois,
auteur des *Petits Marchands ambulans*, du *Petit Paul*, de *Julien*, etc.,
etc.

f. c.

1 50

Ce petit ouvrage, comme tous ceux du
même auteur, se recommande par une
morale pure, par une action intéressante,
et d'excellentes leçons.

Les enfans trouveront dans sa lecture de
nouveaux motifs de bien aimer leurs mères et de se donner de bonne heure à l'é-
tude et au travail.

DICTIONNAIRE DE SANTÉ, ou Traité
de médecine et d'hygiène, contenant,
par ordre alphabétique, le nom des ma-
ladies, la description des signes qui les
font reconnaître, les moyens de les
prévenir, le traitement qu'il convient de
leur appliquer, d'après les doctrines les
plus simples et les plus faciles à com-

14*

prendre par les personnes étrangères à l'art de guérir ; par M. Coster, docteur en médecine et en philosophie, de l'université de Turin ; auteur de plusieurs ouvrages de médecine ; 1 très-gros vol. f.   c.
in-8.°   10   0

DON QUICHOTTE (le) EN ESTAMPES, ou les principales Aventures du héros de la Manche et de son fameux écuyer Sancho - Pança, représentées dans une suite de 34 jolies gravures, avec une narration abrégée de la traduction du roman espagnol, par Florian, 1 vol. grand in-8.° oblong, avec une jolie couverture dans un nouveau genre, représentant Don Quichotte et son écuyer.   12   0
   Figures coloriées.   20   0

   Ce joli cartonnage, nous osons le prédire, sera un de ceux qui intéressera le plus l'enfance : les gravures y sont en grand nombre et très-soignées.
   Chaque scène est exprimée de manière à faire bien connaitre ce qu'il y a de plus amusant, de plus instructif et de plus curieux dans Don Quichotte, dont on a mis chaque moralité à la portée des enfans.

PETITE ÉMILIE (la), ou l'Élève de Fénélon, ouvrage dans lequel on a mis en action les plus importans préceptes contenus dans l'excellent *Traité de l'Éducation des filles,* de l'archevêque de

Cambrai, par J.-B.-J. Champagnac, 1
vol. in-18, avec fig.   1 50

Le titre seul de cet ouvrage doit le
recommander. L'illustre Fénélon en a fait
tous les frais.

PETITE GALERIE UNIVERSELLE, ou
Costumes et Mœurs des différentes Na-
tions, représentés dans une suite de 36
jolies gravures coloriées, avec un texte
explicatif, 1 vol. in-16 oblong, cartonné.   4 o

PETITE MÉNAGERIE DES QUADRU-
PÈDES (la), ou Description des animaux les plus utiles, les plus rares et
les plus curieux, avec 41 gravures coloriées avec soin. 1 vol. in-16 oblong,
cartonné.   4 o

PETITE VOLIÈRE DES ENFANS (la),
ou les Oiseaux en estampes, représentés dans une suite de 48 gravures coloriées avec soin, 1 vol. in-16 oblong, cartonné.   4 o

THÉATRE DE L'ENFANCE, par madame Delafaye-Bréhier, 2 vol. in-18,
avec gravures.   4 o

Dans les pensions et même chez les
parens, on exerce la mémoire des enfans
en leur faisant jouer de petites comédies,
de petits drames. Berquin, madame de
Genlis, ont travaillé dans ce genre pour
l'éducation; mais ce qu'ils ont fait a vieilli
comme le temps. Madame Delafaye, qui

s'occupe toujours de ce qui peut instruire
et amuser l'enfance, a composé le petit
théâtre que nous offrons au public, et qui
réunit tous les genres d'agrémens.

ROBINSON EN ESTAMPES (le), ou les
Principaux Traits de la vie du Robinson
anglais de Daniel de Foe, représenté
dans une suite de 26 jolies gravures, à
l'usage de l'enfance, in-8.º oblong, fig.
noires.

Fig. coloriées.

ROBINSON FRANÇAIS (le), ou le Petit Naufragé, par madame Delafaye-
Bréhier, 2 vol. in-12, avec gravures.

VOYAGEUR (le) ANGLAIS AUTOUR
DU MONDE HABITABLE, nouvelle
méthode amusante et instructive pour
étudier la géographie, traduit de l'an
glais par René Périn, et orné de 45
gravures coloriées, 1 vol. in-8.º oblong.
(On n'en vend point à figures noires.)

CONGO, ou le bon Nègre, pour servir à
l'instruction et l'amusement de l'enfance, 1 vol. in-8.º oblong, avec 24 gravures, fig. noires.

Fig. coloriées.

NOUVEL (le) AMI DES ENFANS,
par M. et madame Azaïs, deuxième édition, revue, corrigée, considérable-
ment augmentée ; terminée par un vol.
comprenant toutes les romances et tous
les couplets mis en musique par M. Azaïs,

	f.	c.
ROBINSON EN ESTAMPES, fig. noires	8	0
Fig. coloriées	12	0
ROBINSON FRANÇAIS	7	0
VOYAGEUR ANGLAIS	15	0
CONGO, fig. noires	6	0
Fig. coloriées	10	0

orné de 50 jolies gravures, 13 vol. in-18.   f. c.
25 0

NUITS POÉTIQUES, par J. Dusaulchoy; épanchemens religieux et philosophiques, épître, amours, les duels. 1 vol. in-18, grand-raisin fin vélin d'Angoulême.   25 0

PAVILLON (le) DE CAROLINE ou la petite Société, par madame Julie Delafaye-Bréhier ; 3 vol. in-18, ornés de 12 jolies gravures, et d'une couverture imprimée imitant la reliûre.   6 00

NOUVELLE (la) ANTIGONE, par madame J. Delafaye, 1 vol. in-18, avec gravures.   1 25

SOUPERS (les) DE FAMILLE, ou Nouveaux Contes instructifs et amusans pour les enfans; par madame Delafaye, auteur des *Petits Béarnais*, etc., 4 vol. in-18, en gros caractère et 16 jolies gravures. En noir.   5 0
Fig. col.   6 0

CONSEILS A L'ENFANCE ET A L'ADOLESCENCE, ou Recueil de nouvelles appropriées à ces différens âges ; par madame Julie Delafaye-Bréhier. Avec gravures, 4 vol. in-18.   8 0

COLLÉGE INCENDIÉ (le), ou les Écoliers en voyage, par madame J. Delafaye, 4. vol. in-18, ornés de 12 jolies gravures.

	f.	o.
En noir.	6	0
Fig. col.	8	0

PETIT VOYAGEUR EN GRÈCE, ou lettres d'Évariste à sa famille, par madame Delafaye - Bréhier. 4 vol. in-18, avec gravures.   8   0

ENFANS DE LA PROVIDENCE (les), ou Aventures de trois jeunes orphelins, par madame Julie Delafaye. 2.ᵉ édit. 4 vol. in-18, ornés de 16 jolies gravures.

En noir.	6	0
Grav. coloriées.	8	0

PETIT (le) PRINCE DE CACHEMIRE, ou les leçons de la vénérable Pari-Banou; contes-féeries, à l'usage de la jeunesse, par madame Delafaye-Bréhier, 2 vol. in-12, avec de très-jolies vignettes, culs-de-lampe, titres gravés, etc.   8   0

NOUVELLES (les) NOUVELLES DE L'ENFANCE, par madame Julie Delafaye-Bréhier, auteur des Six Nouvelles de l'enfance; 2.ᵉ édit. 2 vol. in-18, ornés de jolies gravures.

En noir.	2	50
Grav. color.	3	0

NOUVELLES DE L'ENFANCE (les six) par madame Delafaye, 3.ᵉ édit., 1 vol. in-18, orné de 6 jolies gravures.

En noir.	1	50
Fig. soigneusement coloriées.	2	0

PETITS BÉARNAIS (les), ou Leçons de
morale convenables à la jeunesse, par
madame Julie Delafaye, auteur des *Six
Nouvelles de l'enfance*, des *Nouvelles
Nouvelles*, etc., 2.ᵉ édit., 4 vol. in-18,   f.   c.
avec 16 jolies gravures. En noir.   6   0
   Grav. col.   8   0

PETITS CONTES A MES ENFANS DE
CINQ A SIX ANS, ou nouvelle manière
de leur apprendre à lire en les amusant,
par madame Tercy, 2 vol. in-18, avec
gravures.   3   0

PETITS MARCHANDS AMBULANS
(les), ou l'Éducation de la nécessité,
par madame L.-P. Langlois, 3 vol. in-
18, avec gravures. En noir.   4   0
   Grav. col.   5   0

PAVILLON (le) DE CAROLINE, ou la
petite Société, par madame Julie Delafaye-Bréhier, 3 vol. in-18, ornés de 12
jolies gravures, et d'une couverture imprimée imitant la reliûre.   6   0

ALPHABET DU PREMIER AGE, ou
Principes de lecture à l'usage des enfans
et des étrangers qui veulent apprendre
le français ; par J.-B. Castille, auteur
de la Grammaire simplifiée, du Cours
d'études, de la Civilité française, et du
Nouvel Eraste ou l'Ami de la jeunesse.
1 vol. in-12, orné de 6 jolies gravures. 1   0
   Avec les grav. col.   1   50

JOLIS OUVRAGES, DITS *CARTONNAGES*,

Composés principalement de Gravures.

N. Pour avoir chacun de ces ouvrages joliment cartonné en papier glacé, doré sur tranche et dans un étui, il faut ajouter :

> *2 fr. par vol. in-12.*
> *2 50 par vol. in-8.º*
> *3 50 par vol. in-4.º*

BIBLE (la) EN ESTAMPES, par l'auteur du Musée de l'enfance, avec un texte explicatif d'environ 10 feuilles d'impression, et 74 superbes vignettes, d'après Raphaël et les grands maîtres; in-8.º oblong, cartonné, fig. en noir, avec une jolie couverture.

	f.	c.
	5	0
Fig. col.	8	0

BONS (les) PETITS ENFANS, ou la cabane dans les Bois, ouvrage moral et amusant, par l'auteur de la Bible en estampes, in-8.º oblong, cartonné, avec une jolie couvert. et beaucoup de grav.

En noir.	6	0
Fig. col.	10	0

Cet ouvrage, dont la lecture est fort amusante, renferme des paysages charmans.

CAPRICE DE L'ENFANCE, ou Étrennes aux Petits Enfans, composé de contes et historiettes, par madame de R.**, in-12, orné de 32 jolies gravures, et une jolie couverture. Cartonné élégamment :

	f.	c.
Fig. en noir.	4	0
Fig. col., et dans un étui.	6	0

Ouvrage qui retrace les défauts les plus habituels des enfans, le danger d'y persister, et les avantages de l'obéissance et de la soumission.

ÉDUCATION DE LA POUPÉE, ou petits Dialogues instructifs et moraux, à la portée du jeune âge; par mad. de Renneville, 2.ᵉ édit. 1 vol. in-8.º oblong, avec de jolies gravures, et cartonné élégamment. Fig. en noir. ... 5 0

Fig. col. ... 8 0

EGYPTE (l') ET LA NUBIE, et Curiosités de ces pays, tirées du voyage de Belzoni, in-8.º oblong, avec beaucoup de grav., et cartonné élégamment. Fig. en noir. ... 6 0

Fig. scigneusement col. ... 10 0

FABLES CHOISIES D'ÉSOPE, avec le sens moral en quatre vers, et les quatrains de Benserade, 1 vol. in-8.º oblong, orné de 53 fig., cartonné. ... 5 0

GALERIE FRANÇAISE EN ESTAMPES, des Hommes les plus illustres dans tous les genres, avec un texte explicatif contenant le récit de leurs belles actions; des notices abrégées de leurs vies; des critiques raisonnées de leur chefs-d'œuvre ou des extraits des plus beaux passages de leurs écrits. Ouvrage instructif et amusant, destiné à la jeunesse des deux

15

sexes, par B. Allent, auteur de l'His-
toire de France en estampes. 1 vol. in-4.º   f.   c.
oblong, avec 64 gravures.   15   0
    Fig. col.   30   0

GALERIE RELIGIEUSE, ou Vies abrégées des saints Martyrs, avec 26 belles
gravures, par l'auteur de la Bible en estampes, 1 vol. in-8.º oblong, cartonné.
    Fig. en noir.   6   0
    Fig. col.   10   0

GÉOGRAPHIE VIVANTE, ou Tableaux
raisonnés et comparatifs des principaux
habitans du globe, avec leurs costumes;
des animaux divers qui s'y trouvent ; et
une exacte description de leurs mœurs,
de leurs usages et habitudes, par l'auteur de la Bible en estampes, avec 32
gravures représentant plus de 200 per-
sonnages divers ; 2.º édition, revue et
corrigée, 1 vol. in-8.º oblong, cartonné
très-élégamment ; fig. en noir.   8   0
    Fig. col.   12   0

GALERIE INDUSTRIELLE, ou Applica-
tion des produits de la nature aux arts et
métiers, leur origine, leurs progrès,
leur perfectionnement, représentés dans
une suite de 160 tableaux, dessinés et gravés avec soin par d'habiles artistes, et
accompagnés d'un texte explicatif, à l'u-
sage de la jeunesse. 1 vol. in-4.º oblong,
sur papier nom de Jésus, cartonné,
avec une couverture à vignettes très-

élégante. 2.º édit. fig. en noir.   15 0
Fig. col. avec le plus grand soin.   30 0

MERVEILLES DE LA NATURE VI-
VANTE, ou Galerie des animaux curieux, industrieux et domestiques de
tous les pays; avec une description de
leurs mœurs et habitudes, et 32 plan-
ches gravées, contenant plus de 800 animaux de tous genres, exécutées avec
le plus grand soin par les plus habiles
artistes de Paris. Par l'auteur de la *Galerie industrielle*. 1 vol. in-4.º oblong,
cartonné. Fig. en noir.   15 0
Avec fig. col. soigneusement.   30 0

MONDE (le) EN MINIATURE, ou les
Contrastes de la Vie humaine, représentés dans une suite de 40 tableaux,
composés et dessinés par Bergeret, et
gravés par d'habiles artistes, avec des
définitions morales, un petit conte, une
anecdocte, ou un trait d'histoire à chaque tableau, par J.-G. Masselin; 2.º édit.
in-8.º oblong, cartonné élégamment.
Fig. en noir.   6 0
Fig. col.   10 0

MUSÉE DE L'ENFANCE, ou Galerie d'a-
nimaux sauvages et domestiques de tous
les pays, avec une notice historique sur
leurs mœurs, leur industrie, leurs habitudes, etc., suivie d'une nomencla-
ture des animaux les plus généralement
connus dans les quatre parties du monde.

2.e édit., revue et corrigée, ornée de
plus de 100 vignettes et gravures, 1 vol. f. c.
in-8.º oblong, cartonné. Fig. en noir.   4 0
   Grav. col.   6 0

IMAGES (les), ou Scènes morales, com-
posées d'historiettes et de petits contes
mis à la portée du jeune âge, pour servir à l'instruction et à l'amusement des
enfans qui sont bien sages, par J.-B.-J.
Champagnac, vol. in-8.º oblong, avec 22
jolis tableaux, composés et dessinés par
Martinet. Fig. en noir.   10 0
   Fig. col.   15 0

MYTHOLOGIE (la) EN ESTAMPES,
ou Figures des divinités fabuleuses avec
leurs attributs, d'après les monumens
antiques et les peintres les plus célèbres, accompagnées d'un texte explicatif assez étendu pour donner une connaissance de la fable. Ouvrage utile aux
jeunes gens des deux sexes. 2.e édit.,
revue et corrigée ; 1 vol. in-8.º oblong
cart. Fig. en noir.   4 0
   Fig. col.   6 0

PETIT ARCHITECTE (le), ou Tracé
linéaire appliqué à l'art de représenter
toutes sortes d'objets en papier et en
carton, tels que maisons, palais, tem-
ples, monumens, ponts, meubles, etc.,
à l'usage de l'enfance et de la jeunesse,
par D. H. Rockstrock, et F. J. Bru-
guer, avec un très grand nombre de

gravures au trait, pour servir à la cons-
truction des objets indiqués dans l'ou-
vrage, 1 vol. in-12, cart.   5 o

PETIT TABLEAU DE PARIS ET DES
FRANÇAIS AUX PRINCIPALES ÉPO-
QUES DE LA MONARCHIE, contenant une description des monumens les
plus remarquables de la capitale ; l'indi-
cation de tous les autres édifices ; les
ministères, administrations et principaux lieux publics, etc., avec une notice
explicative des vêtemens, coiffures et
armures des Français depuis Pharamond
jusqu'à ce jour ; orné d'un joli plan de
Paris et de 14 costumes, par le chevalier de Propiac ; in-12, cart., Fig. en
noir.   3 o
    Avec fig. col. et en étui.   5 o

PROSPER, ou le Petit Peureux corrigé par
des exemples raisonnables et certains,
représenté dans une suite de jolis tableaux, avec un texte explicatif composé de contes et historiettes, etc.;
par madame Langlois, auteur des Petits
Marchands ambulans, 1 vol. in-8.º ob.
avec une couverture, cart. élég.
    Fig. en noir.   5 o
    Soigneusement col.   8 o

RÉCRÉATION DE L'ENFANCE, ou joli
Recueil de gravures amusantes, avec un
texte explicatif; dédié aux petites de-
moiselles ; 2.e édit. 1 vol. in-16. oblong.

	f.	c.
En noir.	1	50
Fig. coloriées.	2	50
Idem pour les petits garçons,		
Fig. en noir.	1	50
Fig. coloriées.	2	50

ROIS (les) ET REINES DE FRANCE en estampes, ou Abrégé historique et chronologique de chaque règne, suivi du tableau des mœurs et des usages des Français sous chaque race ; pour servir à l'éducation de la jeunesse, par Bescher, bachelier ès-lettres. Ouvrage orné de tous les costumes des Rois et Reines de France, au nombre de 120. vol. in-8.º oblong, avec couverture, élég. cart.

Fig. en noir.	10	0
Avec les costumes soigneusement col.	15	0

SEPT (les) NOUVELLES , ou nouveaux Contes Moraux, à l'usage de l'enfance et de la jeunesse, par B. Allent, ornés de jolis tableaux, dessinés par Martinet et gravés par d'habiles artistes. 1 vol. in-8.º oblong, cart. , avec couvert. élég.

Fig. noir.	6	0
Fig. coloriées.	10	0

JULIEN, ou l'Enfant industrieux, récompensé par sa bonne conduite, ses louables actions et sa persévérance dans le bien, par M. L.-S. Langlois, auteur du *Petit-Paul*, des *Petits Marchands ambulans*, etc. 1 vol. in-18, orné de jolies gravures.

	1	50

Ce petit ouvrage offre une peinture vraie de ce que peut obtenir le courage et la patience dans l'adversité, et la persévérance dans une conduite qui a constamment pour but la religion, la morale et l'utilité.

LABRUYÈRE (le) DES JEUNES GENS,
ou le Précepteur moraliste, par M. Lemaître, auteur des Développemens du Plutarque moraliste, 2 vol. in-12, ornés de gravures.   f. c. 8 o

Sans prétendre à la piquante originalité de Labruyère, l'auteur, qui n'a pris de ce célèbre moraliste que son nom pour donner un titre à son ouvrage, a entrepris de peindre à sa manière les différens caractères des jeunes gens; chaque caractère se trouve donc mis dans une position propre à le faire ressortir. Ce sera, pour ainsi dire, une espèce de galerie composée de plus de cent tableaux de mœurs, et tous avec les nuances qui leur sont propres. Le succès qu'ont eu ces développemens dans le Plutarque moraliste doivent donner une idée de l'ouvrage que nous annonçons. L'auteur est encore plus libre dans sa marche, parce qu'il ne travaille point d'après un autre.

LETTRES D'UN PÈRE A SON FILS,
sur l'Histoire de France, depuis l'origine de la monarchie, jusqu'au sacre de Char-

les X, par le chevalier de Propiac, 2
vol. in-12.

f. c.

6 0

BEAUTÉS DE J.-J. ROUSSEAU, ou
Choix des pensées et des morceaux les
plus remarquables de ce philosophe. Ouvrage destiné à la jeunesse, et précédé
d'une notice sur le caractère et les écrits
de Jean-Jacques, par E. de Léonville,
1 vol. in-12, orné du portrait de Jean-
Jacques.

4 0

BEAUTÉS DES ORATEURS SACRÉS,
ou Choix des pensées et des morceaux
les plus remarquables qu'ait produits l'é-
loquence de la chaire en France.

Ouvrage précédé des petits traités de
Fénélon et de Marmontel sur l'éloquence
sacrée, et auquel on a joint les plus belles
pages des plus célèbres prédicateurs vi-
vans, l'évêque d'Hermopolis, l'abbé Feu-
trier, l'abbé Guillon, etc.; avec des notices
biographiques et littéraires sur chaque
orateur, par M. Boinvilliers.

Avec cette épigraphe : « Rois, soyez
» attentifs, peuples prêtez l'oreille. »
2 vol. in-12.

6 0

ENFANCE ÉCLAIRÉE (l'), ou les Vertus
et les Vices, par M.me Dufrenoy, 2.e
édit. 1 vol. in-18, avec 10 jolies grav.
Fig. col.

1 80

2 50

www.ingramcontent.com/pod-product-compliance
Lightning Source LLC
Chambersburg PA
CBHW070905030726
47504CB00005B/1465